女友達は頼めば意外とヤらせてくれる3

鏡遊

角川スニーカー文庫

23978

CONTENTS

Onna Tomodachi ha
Tanomeba
Igai to Yarasete kureru

プロローグ

Onna Tomodachi ha Tanomeba Igai to Yarasete kureru

「もうー、ジロジロ見ちゃダメだって、みなっちぃ♡」

穂波麦《ほなみむぎ》はニヤニヤ笑いつつも、頬《ほお》を赤く染めていた。

意図的に日焼けしたわけではなく元からだという褐色の肌が赤く染まると、なんとも言えずに色っぽい。

金色に染めた長い髪はツーサイドアップに結んでいて、顔立ちは整っているがわずかに覗《のぞ》く八重歯が良いアクセントになっている。

そんな派手なギャル、穂波は湊寿也《みなととしや》のベッドの上で、掛け布団にくるまっている。

もう十二月、そろそろ寒い時期で掛け布団は厚手のものなので、なんだか簀《す》巻《ま》きにされているようだった。

「ていうか、まだ見てるじゃん」

「いや、でも布団にくるまってりゃ、見られても平気だろ？」

「えー、だってぇ、この下、ブラも着けてないんだもん」

穂波は本気で恥ずかしそうに赤くなっている。

羞恥心などなさそうに見える派手なギャルだが、もちろん恥じらいはあるだろう。

今も、ベッドに腰掛けている湊のほうをちらちらと窺《うかが》うような目で見てくる。

本当に、布団の下ではブラジャーも着けてないことが恥ずかしいらしい。

「つーか、麦のブラ、どこ行ったん？」

「え？　俺に訊《き》かれても……」

「麦のブラ外したの、みなっちじゃん！」

「そ、そうだった。いや、ブラ外すときは興奮してるからな……」

湊は普段、あまり女子のブラは外さない。

上や下にズラす程度で済ませて、ブラも視覚的に楽しみつつ胸を揉《も》んだり乳首を吸ったりしている。

今日はだいぶ興奮していたようで、つい力が入ってブラを外してどこかに投げてしまったようだ。

「じゃあ、ちょっと探して――」

「ほら、これよ。部屋の隅っこにあったよ。湊、たまに遠くまでぶん投げるもんね」

「あ、ああ、悪い、葉月《はづき》」

ベッドにもたれて座っていた葉月葵《あおい》が、ピンクのブラジャーを差し出してくる。

葉月《はづき》もブラウスの前をはだけ、スカートの裾も乱れているが、下着は上下ともに着けたままだ。

「あ、スカートこっちにありましたよ。珍しいですよね、湊《みなと》くんがスカート脱がすのも」

「おお、マジか」

ベッドに腰掛けている湊の足元に座っていたのは、瀬里奈瑠伽《せりなるか》だ。

彼女は上は脱いで白いブラジャーだけ、下の膝丈スカートは乱れて、太ももが丸見えだ。

「えっ、るかっち、みなっちってスカートも脱がさないの？」

「え、ええ……スカートはいたままめくって……下着を少し下ろして……というのが多いですね」

瀬里奈は顔を赤らめて言う。

「まー、麦《むぎ》にヤらせてもらうのが楽しすぎたんでしょ。麦、スタイルも良いし、この褐色がエロいもんね」

「やー、それほどでもぉ」

穂波《ほなみ》は葉月に褒められて、まんざらでもなさそうだ。

葉月が褒めているのかどうかは、怪しいところだが。

「まったく、この男は贅沢《ぜいたく》すぎるんだから。あたしと瑠伽がヤらせてあげてるだけでも、幸せすぎるだろうに」

「わ、私は穂波さんが一緒でも特に問題は……ちゃんと私とも遊んでくれますし」

「そりゃそうだ」

湊は軽く屈《かが》み、瀬里奈の唇にちゅっとキスする。

「もー、瑠伽とちゅっちゅしてるし。ほら、あたしも」

「ああ」

湊は、抱きついてきた葉月の背中に腕を回して唇を味わう。

ちゅっちゅっとむさぼるようにキスをして――

「ちょ、ちょっと、今日は麦がメインだってばぁ。まだ麦、みなっちとほんの何回かしかヤってないしぃ！　葵《あおい》なんて今朝だけで三回もって聞いたよ！」

「み、湊！　あんた、麦にそんなことまで話してんの⁉」

「わ、悪い。つい、上手《うま》く聞き出されて……」

湊は葉月とは現在同居中で、朝起きるとすぐにヤらせてもらうこともしばしばで。

登校時間ギリギリまで数回楽しんでしまうこともあり、今朝は特に回数を重ねてしまった。

今は放課後で、もう朝に使い切った分は充分に回復している。

「もー、ほら、みなっち。麦ともちゅっちゅしよぉ♡」

「うおっ」

今度は穂波《ほなみ》が抱きついてきて、ちゅばちゅばと唇を重ねてくる。

「キ、キスはいいんだが……穂波、布団、外れちゃってるぞ」

「え？　きゃんっ♡」

「きゃんっ、じゃなくてな」

褐色の肌の上半身が丸見えになり、Eカップだというおっぱいがぷるるんっと揺れた。

乳輪が少し大きめなのが、なんだかエロく感じられる。

「もう、あんま見ちゃダメだってばぁ♡」

まだ、穂波には胸を見せるのは恥ずかしさが勝るらしい。

「もっと見たいならさぁ、その前に……」

「ああ、じゃあ……」

湊《みなと》は穂波をベッドの上に押し倒す。

また、Eカップのおっぱいがたゆんっと上下に弾むように揺れる。

湊はその大きな乳輪を口に含むようにキスして。

「その前に、湊」

「み、湊くん……」

葉月《はづき》と瀬里奈《せりな》もベッドの上に乗ってきて、湊を挟むように寄り添ってくる。

湊は葉月の肉づきの薄い背中と、瀬里奈の細すぎる腰を摑《つか》み、抱き寄せてちゅっちゅっとキスをする。

それから、葉月と瀬里奈の胸をそれぞれの手で同時に摑んでぎゅっぎゅっと揉みながら。

「な、なんか友達二人がおっぱい揉まれてるのえっろぉ……♡」

「もっとエロいこと、穂波にしてもいいか……？」

「い、いいよぉ♡」

穂波は恥ずかしそうに顔を背けながらも、こくんと頷《うなず》いた。

「でも、葵《あおい》は二回、るかっちも二回だったよね。じゃあ、麦《むぎ》は……もう一回多くヤっても
いいよぉ♡」

「そ、そんなにいいのか？」

「いいに決まってるよぉ」

穂波は、湊の背中に腕を回してぎゅっと引き寄せるようにしてくる。

「だって、麦とみなっちは友達だからねぇ♡」

1 女友達の頼みはやっぱり断れない

Onna Tomodachi ha Tanomeba Igai to Yarasete kureru

「は？　葉月《はづき》、もう一回言ってくれ」

「えーと……湊《みなと》、おっぱい揉む？」

「揉むのはあとだ！」

「あとで揉むのかよ！」

「ああ」

湊は、しっかりと頷いた。

十一月末に開催された文化祭が終わり、十二月——

ある日の夕方、湊は葉月家のリビングにいた。

現在、葉月の母親は長期出張中で、父親がいないために葉月は一人暮らし状態だ。

マンションはセキュリティも多少備えているが、やはり女子高生の一人暮らしは危険がある。

そのため、同じマンションの別フロアに住んでいる友人である湊寿也《としや》が、葉月葵《あおい》の家に泊まり込んでいるのだ。

今日も、湊は当然のように葉月家にいる。

湊が葉月のスカートをめくり上げ、エロい黒パンツをじっくり見せてもらっていると。

葉月が、ぽろりととんでもないことを言い出したのだ。

「えーと……追試になっちゃった」

「…………」

湊は、リビングのソファに座り直した。

葉月もスカートの裾を直して、その隣に座ってくる。

湊と葉月は、高校一年生。

彼らが通う室宮《むろみや》高校では、文化祭の直後に容赦なく期末テストが行われる。

どう考えてもスケジュールが間違っているが、生徒が文句を言ったところで期末テストが後ろにズレてくれるわけではない。

とはいえ、ほとんどの生徒は文化祭が終わる前から試験勉強を進めてはいる。

湊も、葉月が友人の瀬里奈瑠伽《せりなるか》と文化祭のメイド喫茶を巡って争っていた時期も、多少の勉強は欠かしていなかった。

ところが、この葉月葵はまるで勉強していなかったらしい。

葉月葵は、陽キャグループの女王で派手なギャルだ。

長い髪はミルクティーのような色で、制服はオシャレに着崩し、チェックのミニスカートはかなり短い。

湊《みなと》は偏見があるわけではないが、葉月《はづき》はいかにも勉強嫌いに見えるし、実際そのとおりだった。

「しまったな……葉月の勉強嫌いをすっかり忘れてた……」

湊は同じ家で暮らしながら、葉月が勉強していないことに気づかなかった自分を責めたくなってきた。

葉月が勉強しないことが自然すぎて、見逃していたというべきか。

「そういや、葉月はこの前の中間テストもあんま勉強してなかったよなあ」

「中間は湊に教えてもらって、平均クリアできたけどね」

「そうなんだよなあ、それで油断したのかも」

湊は中間テストの頃はまだ葉月家で同居はしていなかったが、葉月がまるで勉強していないことに気づき、重要なポイントくらいは教えてあった。

同じ家で暮らし始めてから、大事なことを見逃していたとは……。

「いや、一緒に勉強はしたのにな。なんで葉月の勉強不足に気づかなかったんだ、俺?」

「湊も勉強大変だったからじゃない？　なんか、中間のときより手間取ってたよ」

「それは……そうだな」

湊は一応、今回の期末でも葉月の勉強をまったく見なかったわけではない。

それでも、自分の勉強が大変で、葉月の面倒を見きれなかったようだ。

「もっと注意しとくべきだったな……マジで」

「ご、ごめん」

あまりに湊が落ち込んでいるからか、葉月が珍しく真面目なトーンで謝ってきた。

湊は、リビングのソファに座ったまま、隣の葉月のほうを見て――

「まあ、済んだことは仕方ない。切り替えていこう」

「え？　湊、怒んないの？」

「俺はおまえのママじゃないからな。怒るような立場でもねぇし」

湊は苦笑し、葉月はきょとんとしている。

どうも、葉月は湊からの本気の説教が来ると構えていたらしい。

だが実際のところ、湊が怒ったところでなにか解決するわけでもない。

「今回、葉月にろくに教えなかったんだしな。教えといて追試くらってたら、ブチギレてただろうが」

「み、湊、女子相手にブチギレんの？」

「ただの女子相手ならキレねぇよ。でも葉月は友達だからな。ムカついたら、そりゃ遠慮せずに怒るだろ」

「うーん、友達でいいのか悪いのか……」

葉月《はづき》は、ハハハと苦笑している。

「とにかく、追試はマズいだろ。えーと……一学期の期末は追試でも合格点取れなかったら、夏休みに補習っつってたよな？」

葉月が一学期の期末テストで追試をくらって。

その追試の勉強を、葉月が湊《みなと》に教えてくれるように頼んできた。

実質的に、それが湊と葉月の友情の始まりだったのだ。

「一学期と同じパターンか？　追試もコケたら、冬休みに補習ってわけか？」

「そうそう。夏休みよりずっと日数は短いけどね。合わせて一週間もないくらい」

「冬休みが二週間くらいだからな」

たとえ補習が五日程度でも、冬休みの約三分の一は登校することになる。

部活や委員会で登校する生徒は珍しくないが、補習での登校は葉月には相当なダメージだろう。

「で、葉月は補習はイヤなんだよな？」

「ぜぇっっっったいにぃぃぃ、イヤ！」

「粘《ねば》っこく力強く言い切ったな」

もちろん、湊もわかっていて訊いたのだが。

葉月《はづき》でなくても「補習でもいい」などという高校生は、まずいないだろう。

「とりあえず、前と同じでヤマ張って追試対策やるか。えーと……」

「あ、ちょっと待って待って」

「ん？」

葉月が手をかざして、湊《みなと》を制してきた。

テスト終了から追試まではあまり時間的余裕はないはずなので、のんびりしていられないのだが――

と、チャイムの音がリビングに響いた。

「あ、ちょうどいいタイミングで」

葉月が立ち上がり、インターホンで応対している。

インターホンから聞こえた声は、湊にもお馴染《なじ》みのものだった。

それからすぐに葉月の家に入ってきたのは――

「お邪魔します、葵《あおい》さん、湊くん」

「瀬里奈《せりな》も来たのか」

清楚《せいそ》な黒髪ロング、整った顔立ち、すらりとした身体つき。

制服をきちんと着て、スカートは膝丈。

いかにもお嬢様という雰囲気を漂わせている少女は、もちろん瀬里奈瑠伽《るか》だ。

「瑠伽、ちょうどよかったよ。あの話、湊にしようとしたところなんだよ」

「あ、そうなんですね。では、私からお話ししましょうか」

「ん？」

瀬里奈は、リビングのカーペットの上にちょこんと正座する。

彼女は普段からあまりソファには座りたがらず、床に礼儀正しく正座するほうを好むらしい。

「葵さんの追試のお話なんですけど、実は……」

「なんだ？」

瀬里奈が胸に手を当てて、真剣な顔で湊を見つめてくる。

「今回、私に葵さんのお勉強を見させてもらえませんか？」

「そ、そんな無茶《むちゃ》な！」

「無茶ぁ⁉」

裏返った声を上げたのは、葉月だ。

しかし、湊は葉月にかまわずに瀬里奈のほうへ身を乗り出す。

「瀬里奈、わかってるのか？　勉強ができることと教えることは別物だぞ？」

「湊こそ、あたしの恐ろしさ、わかってんの？」

「葉月にレベルが近い俺のほうが教えやすい。いいか、葉月の場合は、まずやる気を出させるところから始めないといけないんだぞ」

「あんた、あたしをあやしてるみたいに言うのやめない？」

葉月《はづき》が細々《こまごま》とツッコミを入れてくるが、湊《みなと》はそれどころではない。

湊は誰よりも葉月の勉強のできなさ、やる気のなさを知っている。

以前、瀬里奈《せりな》を湊と葉月の勉強会に誘おうと思ったが、今はそんな気になれない。

葉月の面倒を見られるのは自分だけだと確信している。

「私、もう遠慮したくなくて……前からお友達と一緒に勉強してみたかったんです。教えるといったらおこがましいですけど……」

「お、おこがまし……なに？」

勉強不足をあらわにしている葉月のことはともかく。

「まあ、瀬里奈が葉月と勉強するとなると、自動的に〝教える〟ってことにはなるな」

「そ、そうなんでしょうか」

「そうね、それは間違いない。あたしが瑠伽《るか》に教えられるわけないし。あたしがいらんこと言ったら、瑠伽の成績が悪化するまであるし」

さすがに葉月も、そこは認めざるをえないようだ。

「葉月はそれでいいのか？　俺に言う前に話はまとまってたみたいだが」

「うん、まあ瑠伽は追試の内容が予想できるんだって」

「え？　マジか？」

湊は追試を受けた経験がないので、問題予想など考えたこともなかった。

「一学期に葵《あおい》さんが受けた追試の問題を見せてもらいました。一学期期末テストをベースにして、易しくした感じでした。今回の追試の予想も充分できると思います」

「なるほど……」

追試を受けたのは、葉月も前回が初めてだった。

湊も葉月の勉強に付き合いつつも、追試問題の予想まではできなかったのだ。

「あ、もちろん問題を予想して丸暗記してもらうというわけではないです。ちゃんと、どう解けばいいかお教えできればと」

「そこまでできるなら、俺が文句を言うことでもないな」

瀬里奈が教えるのはあくまで、追試対策。

教える内容は限定的なので、瀬里奈も葉月に教えやすいかもしれない。

葉月と瀬里奈のレベル差もそこまで問題にならないだろう。

「できれば、湊くんともお勉強してみたかったのですが……」

「さすがに俺は、追試くらうほど成績ひどくないからなあ。俺が下手に口出ししないほうがいいだろうし」

葉月は、湊と瀬里奈の二人からああだこうだと言われたら混乱するだろう。

それならば、いっそ瀬里奈《せりな》一人に先生役を任せたほうが葉月《はづき》も集中しやすいはずだ。

「次のテストは二月の学年末か。瀬里奈、そんときは俺にも教えてくれ」

「は、はい、私からも是非お願いします」

瀬里奈は嬉《うれ》しそうに頷く。

「うぇー、今から次のテストの話とか聞きたくねぇー」

「おまえ、テストの話題すら嫌がるのかよ」

湊《みなと》は、本当に瀬里奈一人に任せて大丈夫なのか、また不安になってきた。

「やっぱり俺も一緒に手伝おうか。葉月のメンタルケア担当というか」

「なにをーっ！　湊にあやしてもらわなくても、瑠伽《るか》とのコンビで追試くらいクリアしてやるっつーの！」

「………」

しまった、と湊は自分の失敗を悟る。

挑発するつもりはなかったのに、葉月に火を付けてしまったようだ。

やる気がないのは困るが、やる気満々な葉月も扱いが大変だろう。

「瑠伽、頑張るよ。あたし、湊に満点の答案を見せてやるから！」

「その意気です、葵さん。頑張りましょう」

葉月も床に座り込み、瀬里奈の手をがしっと摑んでいる。

湊の女友達二人は、追試に向けてがっちりタッグを組んだようだ。

瀬里奈も本気を出すなら、やる気に満ちた葉月も操縦できるかもしれない。

「こちらの話がまとまってよかったです。それで――湊くん」

「ん？」

瀬里奈がソファに座った湊の足元に近づいて、見上げてくる。

黒髪の美少女に上目遣いを向けられ、湊は今さらながらドキドキしてしまう。

「実は……私から湊くんにお願いしたいことがあるんです」

「お願い……？」


葉月の追試勉強が始まった翌日。

放課後になり、湊は教室を出て廊下を歩いていた。

目的の場所に辿《たど》り着《つ》くと、そこで立ち止まってしまう。

「うーむ……」

扉についているプレートには、〝生徒会室〟と書かれている。

湊も室宮高校に八ヶ月くらい通っているが、この部屋を訪ねるのは初めてだ。

そもそも、生徒会室などという部屋の存在を意識したことすらなかった。

別に湊《みなと》が特殊なのではなく、大半の生徒が似たようなものだろう。

生徒会室は本校舎二階の隅にあり、そこは普通に通りかかることもあまりない。

「ちょっと緊張するなあ……」

湊は扉の前に立ったまま、つぶやく。

生徒会役員も、湊にはまったく縁のない人たちだ。

いや、ほんの少しだけ縁はあった。

湊は、生徒会の仕事を以前に何度か手伝ったことがある。

正確には、〝生徒会の仕事を手伝っている瀬里奈《せりな》を手伝っていた〟ということになる。

こうして生徒会室を訪ねたのも、瀬里奈からの頼まれ事だ。

瀬里奈は数日の間、葉月《はづき》との勉強に集中するので、湊に代役を依頼してきたわけだ。

「うーん、瀬里奈のお願いならいくらでも引き受けるが……」

仕事をもらってきていたのは瀬里奈で、湊は生徒会役員たちと話したことすらない。

生徒会役員といえば揃《そろ》って優秀だろうし、一般生徒の湊にはやや怯《ひる》んでしまう相手だ。

「って、躊躇《ちゆうちよ》しててもしゃーないか」

以前の湊なら引き返したかもしれないが、高校に入学して新しい友人たちができて、彼らとの付き合いで成長している。

多少はコミュニケーション能力も身につけたつもりだ。

生徒会役員といっても、同じ高校生同士。

別に、取って食われることもないだろう。

トントン、と生徒会室の扉をノックする。

「ん……？」

扉の向こうから話し声が聞こえてくる。

だが、一向に返事らしきものは聞こえてこない。

「あの、失礼します……」

湊は遠慮がちに扉を開いていく。

すると――

「うおっ……!?」

湊は、思わず両手で顔をかばい、後ずさってしまった――

次の瞬間には我に返り、顔をかばっていた両手を下ろす。

「な、なんだ？」

自分でも、なぜ爆発から逃げるようなリアクションをしてしまったのかわからない。

ただ、生徒会室の扉を開けた途端に――あまりにもまぶしいなにかが見えたのだ。

「あれは……？」

湊は再び生徒会室に入り直しながら、室内を見る。

そこには――

「ああ、わかったよ。これは私のほうでやっておく」

やや低い、それでいてよく通る声が聞こえた。

ハスキーボイスというのか、イケボというのか――

男とも女とも言えない、中性的な響きだ。

とにかく聞いているだけで頭がトロけてしまいそうな声だった。

「大丈夫、これくらいなら私一人でもできる」

「えっ、でもそれはウチの委員会の……」

「いや、生徒会の仕事でもある。ついでだからな。任せてくれていい」

「そ、それじゃあ……お願いします」

「………」

生徒会室は、教室の三分の一程度の広さ。

長机が一つ置かれ、壁際にはホワイトボードと書類棚。

奥の窓際にデスクが一つあり、そこに数人の生徒がいて――全員が女子のようだ。

その中に一人、長身の女子生徒がいて、彼女を四人の女子たちが囲んでいる。

「えーと……すみません」

「え？　ああ、なに？　悪いな、気づかなかった」

「…………」

長身の女子が、湊《みなと》に気づいて振り向いた。

整った顔に、かすかに不審そうな表情が浮かんでいる。

その長身女子が、よく通る声の持ち主だ。

イケボなだけでなく、口調もやや男性的なようだ。

「えっと……一年の瀬里奈瑠伽《せりなるか》に頼まれて、ここに来ました」

「ああ、聞いてる。君が湊寿也《としや》くんか」

長身女子は無表情でさらりと言い、頷《うなず》いた。

「わざわざすまない。えっと、みんな、ちょっと彼と話があるからいいかな？」

長身女子が周りの女子たちにそう言うと。

彼女たちは顔を赤くしてこくこくと頷き、生徒会室から出て行った。

湊の耳に、彼女たちがささやき合っている声が聞こえてきた。

その中に、一つ気になるワードが――

「彼女たちはあちこちの委員会の人たちなんだ」

「え、ああ」

「ウチの学校では、委員会は生徒会に所属してるから。上下関係ってほどでもないが」

「はぁ……」

湊《みなと》は委員会に入っていないので、組織系統など気にしたこともない。

とりあえず、湊は奥の机のほうへと歩いて行く。

「はじめまして、私は伊織《いおり》翼《つばさ》。一応、生徒会長をやってます」

「あ、はい」

湊に向かってクールに言い切った長身女子は——

ややクセのある黒い髪をショートカットにしている。

グレーのブレザーをきちんと着て、ネクタイは少し緩めている。

スカート丈は短く、形のいい長い脚は、〝カモシカのような〟という形容が似合う。

全体にすらっと細く、モデルのような体型だ。

それになにより、凛《りん》と整った美貌——

湊は、この生徒会長をよく知らなかった自分に驚いてしまっている。

「ん？　私の顔になにかついてるかな？」

「あ、いえ、俺は湊寿也《としや》——って、知ってるんですよね」

湊が慌てて名乗りかけてそう言うと、伊織と名乗った女子は頷いた。

「わざわざ来てもらって悪い。あ、敬語はいらない。私は君と同じ一年生だから」

「一年生？　あ、そういや……」

湊は〝生徒会長〟というイメージで、勝手に上級生だと思い込んでいた。

敬語で話しかけたのもそのためだ。

同学年でも初対面の女子なら、さん付けくらいはするが、さすがに敬語は使わない。

「九月に生徒会長選挙があって、そこで当選したんだ」

「でしたね……いや、そうだったな」

湊はすっかり忘れていたが、九月頃に生徒会長選挙があり、〝一年生が当選した〟という結果が話題になっていた。

湊は、生徒会長選挙で、自分が誰に投票したのかすら覚えていないが。

「あまり興味がなさそうだな。まあ、生徒会長なんて自分でなければ誰でもいいか」

「そ、そんなことは……」

そのとおりだが、さすがに会長になった本人の前では認めづらい。

厄介な役を他人に押しつけたと言っているようなものだ。

「いや、冗談だ。私だって、人に強制されて選挙に立候補したわけじゃないからな」

「そ、そうなのか」

「もちろん。二年生で副会長経験者が当選するパターンが一番多いらしいが、前回の選挙では副会長に立候補の意思がなくて。家庭の事情で生徒会の仕事が続けられなかったらしい。優秀な人だったから惜しかったな」

「へぇ……」

湊《みなと》は先代の生徒会長も思い出せないので、副会長などわかるはずもない。

「室宮では、一年生の生徒会長も過去に前例があったらしい。だから、前期で書記を務めてた私が立候補したんだよ」

「なるほど……」

湊は生徒会のことを知らなすぎて、簡単な相槌《あいづち》を打つことしかできない。

伊織《いおり》生徒会長の説明によると——

室宮高校の生徒会は、生徒会長のみ年一回、九月の選挙で選ばれる。

他の役員は生徒会長からの指名制で、こちらは半期ごとに交代。

入学直後の一年生からも役員を選ぶのが通例になっていて、この伊織翼《つばさ》も入学してすぐに書記に選ばれて半年務めた。

そして、任期終了後に行われた生徒会長選挙で無事に当選したそうだ。

「まあ、対立候補は迷惑系配信者のような目立ちたがりの男子だったからな。あれに負けてたら、ショックで引きこもっていたかもしれない」

「ずいぶんな言われようだな、対立候補さんも」

一応ツッコミつつも、湊は冗談だとわかっている。

このクールな生徒会長は、真顔で冗談が言えるらしい。

「でも、こうして無事に当選して生徒会長をやらせてもらってるわけだ。君も困ったことがあったら、いつでも私を頼ってほしい」

「………っ」

湊は、また手で顔を覆いそうになる。

生徒会長はどちらかといえば物静かなのに——

まばゆいほどに輝かしいオーラを放っている。

湊には、伊織の背後に光が満ちあふれているように見えるほどだ。

葉月《はづき》が放っている陽キャのオーラともまた違う。

その美貌は自信に満ちあふれ、大きな瞳は意志の強さを感じさせ、いかにも有能で頼れるように見える。

いや、実際に頼れる人物なのではないか？

さっきの委員たちとのやり取りを見ただけでも、そう思えてならない。

「どうかしたかな、湊くん？」

「い、いや……」

同い年の女子のオーラに怯んでいるなど、口に出せない。

美貌のカリスマといえども、あくまで同級生。

葉月や瀬里奈《せりな》という一軍女子たちと付き合ってきたのだからと、湊は思い直す。

「それで——なんで俺が来たかはわかってるんだよな、会長さん？」

「もちろん。瀬里奈《せりな》さんが話を通してくれたんだよな。本当に助かる。ありがとう」
「…………っ」
伊織《いおり》がかすかに笑い、湊《みなと》の手を両手でがしっと摑んでくる。
柔らかく、それでいて力強い手だった。
ショートカットの髪、一七三センチの湊とさほど変わらない身長。
湊の頭に、さっき生徒会室を出て行った女子たちのささやきがよみがえってくる。
『やっぱイケメンだよねー、王子は』
王子——
どうやらこの凛々《りり》しい生徒会長には、そんなあだ名がつけられているらしい。
湊は伊織 翼《つばさ》をまともに見たのは今が初めてだが、確かに彼女は王子かもしれない。
ショートカットに凛々しい顔つき、すらりとした長身。
イケメン、という表現もしっくりくる。
しかも、伊織がさっき一瞬だけ見せた笑みには、男子の湊もドキリとするほどだった。
王子様のような綺麗《きれい》な女子。
陽キャの女王、清楚系《せいそけい》の令嬢に続いてまた濃いのが出てきた——
湊はつい、そんな風に思ってしまった。

生徒会室は、生徒が使える部屋としてはかなり設備が充実している。

エアコンはもちろん、今の寒い季節には欠かせない加湿空気清浄機も置かれている。

湯沸かしポットもあって、コーヒーや紅茶、日本茶などあたたかい飲み物も好きに飲めるらしい。

「ま、こういうのは、生徒会のささやかな特権なんだ」

伊織翼は、自分で淹《い》れた熱いコーヒーをすすって言った。

長机についている湊の前にも、同じくコーヒーが置かれている。

「面倒な仕事をやってくれてるんだからな。文句を言うヤツもそうはいないだろ」

「みんな、そんなに物わかりがいいわけじゃないんだ。湊くんもここの設備は好きに使ってくれていいが、あまり言いふらさないでくれるとありがたい」

「ふぅん……」

やはり、伊織の口調はだいぶ男性的で、若干堅苦しいくらいだ。

もっとも、クールな彼女にはよく合っている口調で、違和感はまったくない。

「ん？　湊くん、どうかしたか？」

「い、いや……それより、俺はなにをすればいいんだ？」

「ああ、そうだった。まずそれを説明しないと」

伊織《いおり》は立ち上がり、自分のデスクにどっさり積まれていたファイルや書類をいくつか長机に移動させた。

それから、自分も長机にすっと座った。

「ほら、これだ」

「なんだ、このファイルと書類の山は……？」

湊《みなと》は、そう言いつつもドキドキしていた。

伊織は長机に腰掛けていて、多少お行儀が悪いがそんなことは気にならない。

葉月《はづき》や穂波《ほなみ》もお世辞にも礼儀正しいとは言えない。

ただ、行儀よりも伊織が湊のすぐそばに腰掛けて、すらりと長い脚がこちらに向けられていることが気になってしまう。

「実は、期末試験が終わった今が特に忙しい――というより、学校が暇になった今のうちにやっておくことが多いと言うべきかな」

「えっ、生徒会はこの時期が忙しいのか？」

あまり、湊にそういう意識はなかった。

期末テストが終わり、冬休みから年末年始と、のんびりする時期だと思い込んでいた。

「実はまだ、文化祭の後始末が終わってないんだよ」

「文化祭？」

いろいろあった文化祭が終わってから、二週間以上も経過している。

なんなら、生徒たちの大半はもう文化祭のことは忘れているのではないか。

葉月などはメイド喫茶の方針をめぐって瀬里奈《せりな》とケンカしたことを、すっかり記憶の彼方《かなた》に追いやった感すらある。

「このファイルと書類は全部、文化祭関係だ。まだウチでは紙を使うことも多くて」

「へぇ……見てもいいのか？」

「どうぞ。別に秘密なんてないから」

湊は、伊織の脚に目を向けないようにしつつ、ファイルを一冊手に取った。

ぱらぱらとめくってみる。

「文化祭の予算と――決算書？」

「そう、ウチはちょっと変わった予定を組んでるだろ？　文化祭が終わってすぐに期末テストなんて」

「まあ、大変ではあるな。文化祭の準備と本番は忙しいし、勉強する暇はないな」

「過去にいろいろあって、スケジュールがズレにズレた結果らしい。学校側も調整しようとはしてるらしいが、上手《うま》くいってないとか」

「ふぅーん……」

「あれ、湊くんはあまり困ってないか？」

「いや、さすがにもうちょっと間を空けてほしいとは思うけどな」

湊《みなと》は、ファイルを眺めつつ言う。

「でも、俺も友達に『勉強しろ』とか偉そうなことを言ってるが、実際んトコ、俺だってテスト勉強始めるのは、せいぜい十日とか一週間前からなんだよな」

「ま、一夜漬けじゃないだけ君はマシだな」

室宮高校は決して進学校ではない。

瀬里奈《せりな》のような上位陣はともかく、湊はそこまで真面目とは言えない。

「そういうわけで文化祭は物理的な後片付けだけ済ませて、こういう数字の処理は後回しになっているんだ」

「なるほどなあ……金の話だから、試験と同時進行でバタバタせずに慎重に処理しなきゃいけないだろうしな」

「そういうこと。私たちも金額を間違うのは怖いからな」

さすがに学校も、文化祭から期末テストで厳しい日程を組んでおいて、生徒会に無理な要求はしないらしい。

湊はそこまで考えて——はっと気づいた。

「ん？　文化祭実行委員ってのがあったよな？」

湊はメイド喫茶の関係で、文化祭実行委員と何度も接触した。

なにをやるにも、実行委員の許可が必要だったのだ。

湊たちのクラスの、ミニスカートのメイド服には若干の懸念《けねん》を持たれたものだった。

あれはちょっと面倒だったな――と、湊は苦笑しつつ思い出す。

「文化祭の総括はもちろん実行委員でやるけど、生徒会も運営には関わってるから。お金の処理は生徒会が担当することになってる」

「一番面倒なトコを押しつけられてんじゃねぇの……」

この書類の山を見る限りは、おそらく生徒会が担当しているのは数字だけではない。

他にも、いくつも後処理を任されているようだ。

「文化祭実行委員は、二学期いっぱいで解散だし。今年の反省と来年の計画をまとめて、来年度の実行委員に引き継ぐのも生徒会の仕事なんだ」

「生徒会ってそんなことまでしてるのか……」

「文化祭実行委員は準備期間と当日を頑張ってくれるから。毎年、文化祭当日で燃え尽きてしまうみたいだ。だったら、後始末くらいは私たち生徒会がやればいいだろ」

「……凄《すご》いな」

伊織《いおり》はさらっと言っているが、むしろ後始末のほうが大変なくらいだろう。

彼女は文化祭実行委員のために重労働を引き受けることを、苦とも思っていないらしい。

「見た目がイケメンなだけじゃないな……」

「え？　なんだ？」

「いや、なんでもない」

湊《みなと》は思わずつぶやいてしまい、伊織《いおり》に聞き返されて慌てて首を振った。

もしかすると、女子に〝イケメン〟は失礼にあたるかもしれない。

初対面の今日、口に出すワードでもないだろう。

「い、意外と大変そうな仕事だと思っただけだ」

とりあえず、湊は当たり障《さわ》りのないことを言ってごまかす。

「ああ、そんなに心配しなくていいから、湊くん」

「…………っ」

伊織が軽やかに長机から下り、湊の隣の椅子を引き寄せて座った。

「ほら、このあたりなんか数字を丸ごとテンプレの表に打ち込めばいいだけだから」

「そ、そうか……」

伊織の肩が湊の腕に当たっている。

それに、ふわっと爽やかな香りが――

「あれ、湊くん。どうかした――って、わ、悪い」

「え？」

「今日は午後の最後の授業が体育だったから。あ、汗臭かったか？」

「い、いや、別に」

本当にまったく、汗臭さなど匂わなかった。

どちらかというと、柑橘系《かんきつけい》のようないい香りが――

「……って、いやいや本当に！」

「ど、どうしたんだ、湊《みなと》くん？」

「な、なんでもない。それより――」

湊は周りをなんとなく見てから。

「他の役員ってどうしてるんだ？」

「ああ、みんな部活や家の手伝いが忙しくて、たまにしか出てこない」

「なるほど……」

それで、瀬里奈《せりな》が手伝っていたのかと湊は納得する。

「湊くんが来てくれて凄く助かる。大変だと思うが、よろしく頼む」

「……ああ」

「じゃあ、仕事をしようか」

伊織《いおり》は自分の席に戻り、書類を手に取った。

クールでイケメンな王子様。

ただし、スレンダーで美形な女の子。

もちろん女子なのはわかっているが、〝男友達〟のようにも感じてしまう。
この伊織翼《つばさ》は、どうにも不思議な女の子だった。

2 女友達はどこかで繋がっている

Onna Tomodachi ha Tanomeba Igai to Yarasete kureru

「湊《みなと》くん、生徒会のお手伝い、どうでしたか？」

「ああ、なんとかなりそう……なんだが」

「なにか問題ありました？」

夜、湊の自室。

湊は自分のベッドに座り、その横に並んで座っているのは瀬里奈《せりな》だ。

「その前に……その格好はどうしたんだ？」

「いえ、前に湊くん、ブルマにずいぶん喜んでくださっていたので……」

瀬里奈は――厚手の半袖Tシャツに、紺色のブルマという格好だった。

上のTシャツには、襟元と袖に紺のラインが入っている。

「今は葵《あおい》さんのお勉強を見ていて、湊くんとあまり〝遊べない〟ので、こういうのを着ると……サ、サービスになるかと思いまして」

「ああ、さすが瀬里奈だ。気遣いが凄い」

湊は、瀬里奈にちゅっと軽くキスをする。

今、瀬里奈は二つ上のフロアにある葉月家《はづきけ》で勉強を見てきて、帰りに湊家に寄ったのだ。

湊は葉月家で同居中だが、勉強のときは邪魔にならないように実家にいる。

そこに、勉強を終えた瀬里奈が来て、体操着姿のコスプレを披露してくれているのだ。

「ブルマが出てくるゲームだと、確かに女子はこういう衣装着てたな……」

「昔の体育の授業はこんな格好でやっていたそうですね」

室宮《むろみや》高校の体育着は男女ともに同じで、ジャージの下に着るのは白いTシャツに青のハーフパンツだ。

「すげーな、昔の学校。女子がこんな格好で校内をウロウロしてたのか……」

「きゃっ」

湊は、ちょんっと厚手の体操着越しに瀬里奈のDカップおっぱいをつついた。

ぷにっと柔らかな感触が伝わってくる。

「女子がこんな格好でおっぱい揺らしながら運動してたら、男子はたまらないよな」

「そ、そうでしょうか。きゃんっ、そんなにおっぱいつついたら……んっ♡」

湊は、指先でくにくにと瀬里奈のおっぱいをつつき回す。

「マジエロい……昔の男子学生が羨ましいな」

「以前はブルマだけでしたので……今回は上も揃えてみました」

「本当、どこで買ってるんだ？」

「今でも意外と売ってるんです」

売っているのは事実だとしても、それを入手する瀬里奈《せりな》の情熱はどこから来るのか……。

湊《みなと》は不思議に思いつつも、そんなことは瀬里奈の体操着姿の前にはどうでもよくなる。

「体操着越しにおっぱい、もっとイジっていいか？」

「お、お願いする前にもうイジって……い、いいですけど」

「ヤバいな、体操着のおっぱいイジってるとなぜか背徳感がある……」

湊は頷き、乳首を指先で探り当て、つんつんとつつく。

「あっ♡　湊くん、本当に興奮してますね……♡」

「そりゃ、瀬里奈が着てるから余計にエロいっつーか」

この〝昔の体操着姿〟は野暮《やぼ》ったく見える一方で、妙にエロい。

「上もいいけど、やっぱブルマもいいしなあ」

ほとんどパンツと変わらないブルマから伸びる生足は、あまりにもまぶしい。

おっぱいから手を離し、今度は太ももに手を這《は》わせる。

すべすべして吸いつくような感触の瀬里奈の太ももはいつも最高だが、こうしてブルマと合わせて楽しむとまた格別の良さがある。

「すげー、いい。やっぱ、瀬里奈はブルマ似合うな」

「やんっ……み、湊《みなと》くん♡」

湊は瀬里奈《せりな》に抱きつき、手を這わせて、ブルマ越しに柔らかい尻の感触を楽しむ。

「瀬里奈がスカートの中にはいてたブルマもエロかったけど、こうして体操着として見るのも最高だな」

「あ、ありがとうございま……んっ、んむ♡」

湊はブルマ越しに尻を撫《な》で回《まわ》しながら、瀬里奈にキスをする。

瀬里奈も湊のキスに応え、舌を差し込んできて——互いに濃厚に舌を絡め合う。

たっぷりと瀬里奈の唇と、尻の柔らかさを味わってから。

ちゅ、と今度は瀬里奈の頭にキスする。

「そういや瀬里奈、体育のときは髪を結んでるよな」

「あ、せっかく体操着なのでポニーテールにでもしたらよかったですね……」

「いや、瀬里奈の黒髪ロングはなんでも似合うから、このままでいい」

湊は、ちゅっちゅっと何度も瀬里奈の柔らかい黒髪にキスして——

「ふぅ……頭から太ももまでたっぷり味わったな」

「は、はい……あ、湊くん、もうこんなに……」

瀬里奈は一瞬視線を落とし、かぁっと耳まで真っ赤になった。

「で、では次は……私のお口、使いますか？」

湊は、瀬里奈のぷりんとした尻をまた撫で回しながら頷く。

体操着姿の瀬里奈に、口で楽しませてもらえるなんて――最高に贅沢《ぜいたく》だ。

瀬里奈は湊の横に座ったまま、屈んでいき――

「うおっ……！　え、えっと……なんの話をしてたっけ？」

「せ、生徒会のお話です……」

瀬里奈は、湊の下半身のあたりに屈《かが》み込《こ》んだまま、答える。

「俺、実は生徒会長って顔も名前も知らなかったんだよな」

「んっ、んんっ……」

瀬里奈はかすかにくぐもった声を漏らしてから――

「そ、そうなんですか？　朝礼では毎回挨拶してますよ？」

「朝礼なんて、ただ立ってるだけだからな」

室宮高校では、昔ながらの朝礼がグラウンドか体育館で行われている。

朝礼は週イチで、湊も毎回出席してはいるが、校長や風紀指導の教師の話など、面白くもないので完全に聞き流していた。

たまに生徒が壇上にいるのは知っていたが、生徒会長が挨拶しているとは知らなかった。

「どちらかというと、女子人気が高いですからね、伊織《いおり》会長さんは」

「ああ、なるほどなあ。そんな感じだった」

湊《みなと》は瀬里奈《せりな》の頭を軽く撫《な》でてやる。

瀬里奈は嬉《うれ》しそうに笑うと、舌を伸ばして――

「んっ……葵《あおい》さんが『湊のヤツがさあ、生徒会長に変なことしなきゃいいけど』って心配してました」

「……瀬里奈、葉月《はづき》のモノマネ上手いな」

優等生の瀬里奈は妙な芸も持っているようだ。

「普通に仕事を手伝っただけだよ。まあ、思ってたより凄《すご》い量の仕事してたな、生徒会」

「文化祭の後処理ですよね……んっ、んむっ……んっ」

「うおっ……！」

湊は思わず、妙な声を漏らしてしまう。

瀬里奈の口を使った芸で、上手いのはモノマネだけではないことは湊が一番よく知っている。

「ふぁ……生徒会長さんは、どうでしたか？」

「あ、ああ、生徒会長、クールだけど頼《たよ》り甲斐《がい》のありそうなヤツだったな」

「ええ、そのクールなところが女子に人気みたいですよ」

「良いのは顔とか見た目だけじゃないってことだな……」

ただ、あの美形でクールな伊織翼《いおりつばさ》が、男子より女子に人気があるのは頷ける。

「といいますか、湊くん、本当に生徒会長さんを全然知らなかったんですね」

「ああ、マジで知らなかった」

「私みたいな学校の隅っこで生きてるような女子でも知ってるんですけどね……」

「いや、瀬里奈は全然隅っこじゃないからな？」

もしも、瀬里奈瑠伽《るか》が生徒会長選挙に出馬していたら、果たして伊織翼も当選できたかどうか。

「生徒会長が〝王子〟なんて、あんなキャラ立ってるのに知らなかったのは、我ながらどうかとは思うけどな」

「ふふ、もうそのあだ名を知ったんですね」

瀬里奈は口を離して、くすくすと笑う。

「どっかの委員会の女子たちが集まってて、王子って呼んでた。まあ、確かに……王子だな。女子にそんなあだ名つけていいのか知らんが」

「ご本人も嫌がっていないみたいですよ」

「ぴったりではあるからな」

ショートカットで、女子としては長身。

凛《りん》とした美形で――美少女というより〝イケメン〟といったほうがピンとくる。

可愛《かわい》いのも間違いないが、どうも湊にとっては変な気分になる女子だった。

「生徒のためを思ってるいいヤツみたいだしな。あいつの手伝いなら、こっちから頼んでやりたいくらいだよ」

「はぁ、よかったです。湊《みなと》くんが嫌がるようなら、生徒会のお手伝いを代わってもらったの、悪いかもと思ってましたから」

「その心配は全然ない」

再び、湊は瀬里奈《せりな》の頭を撫でる。

さらさらした黒髪の感触が心地よい。

「俺の話ばっかしてちゃダメだな。瀬里奈こそ、葉月《はづき》の勉強はどうだった？」

「大丈夫ですよ。ちゃんとノルマ決めて、順調に消化できてます」

「へぇ、意外だな……あいつ、俺が教えてたときはぶつぶつ文句ばかり言って、嫌がってたのに」

「湊くんは甘えやすいんじゃないでしょうか？」

「友達にあまり甘えられてもな……」

「私はもっと、葵《あおい》さんに甘えてほしいですね。んっ、んむ……」

「うおっ……」

ひときわ強く吸われて、湊は思わずのけぞってしまう。

「んん……こっちは大丈夫ですから、ご心配なく」

「そうか。でも大変だったら、マジで俺に交代してくれていいからな。葉月の扱いは、俺のほうが慣れてるだろうし」

「自作ＰＣもトラブルが起きるから面白いんですよ。起動しなかったり、冷却ファンが回らなかったり、謎の異音が響いたり、マザーボードから火花が散ったり」

「最後のは危ないから、マジ気をつけてくれ」

瀬里奈はむしろ、手のかかる葉月の世話を楽しんでいるようだ。

湊はまだ、そこまでの境地に達していない。

「葉月もあまり勉強させるといつ爆発するか。気をつけて――うおっ、ヤバっ！」

「きゃっ……！」

湊は声を上げてしまい、瀬里奈は驚きつつも受け止めてくれる。

そのまま、瀬里奈はごっくんと――

「んっ、んくっ……ふぁ……たくさんでしたね」

「放課後、葉月にも瀬里奈にもヤらせてもらえなかったからなあ」

「そこが問題ですね……んっ、ちゅっ、んんっ……はい、綺麗《きれい》になりました……」

「いつも悪いな……じゃあ、瀬里奈、今度はこっちに……」

「こ、こんな格好、恥ずかしいですね……」

湊は瀬里奈に身振りで指示して、ベッドに両手両膝をついた体勢になってもらう。

紺色のブルマに包まれた小ぶりなお尻が、湊《みなと》に向けられている。

「こんな格好はダメか？」

「ダ、ダメではないですけど……やんっ♡　み、湊くん……」

湊は、ブルマ越しのお尻に頬《ほお》ずりする。

この柔らかさ、手で味わうだけではもったいない。

「んんっ、そんなことまで……湊くん、やっぱりブルマに興奮してますよね……」

「そりゃ、今日は体操着とセットだからな。前よりずっとエロい」

「エ、エロくなんて……あんっ♡」

湊は頬ずりしていた顔を離して、今度は両手で瀬里奈《せりな》の尻を撫で回す。

「て、手つきがいつもよりえっちかもです」

「今はあまり瀬里奈と遊べないからな。ちょっと、ガツガツしちゃってるかも」

この清楚な女友達の尻は素晴らしい柔らかさと弾力で、いつまででも触っていられる。

「まあ一応、毎日瀬里奈の口だって使わせてもらえてるけどな」

「いつもより回数少ないですけど……すみません、あまり時間がなくて」

「しゃーない、そんなことで文句は言わないって」

「葵《あおい》さんは、体力の限界で倒れてますし……」

「葉月《はづき》は、『寝てるから勝手にヤっていいよ』って感じだからな」

今はひとまず、湊家を使っているが、湊はこのあと葉月家に戻る。

そこでは、また葉月にヤらせてもらえるだろう。

葉月家はまだ母親が出張中で、寂しがりの葉月は一人で家にいられない。

ただ、葉月が湊の家に泊まり込むのも難しい。

葉月家の飼い猫のモモが、ヨソの家に行くのを好まないからだ。

モモでなくても、猫は環境を変えることが大きなストレスになるらしい。

なにげに猫好きな湊にとって、モモに負担をかけることは望ましくない。

「おっと、そろそろ……いいか、瀬里奈？」

「あの、湊くん。すみません、今日はこれ……お、お願いしていいですか？」

瀬里奈は、ちゅっと湊にキスして。

湊のベッドの枕元に置かれていた箱から、一枚取り出してきた。

「もちろんいいが、瀬里奈が着けてくれっていうのは珍しいな」

「このあとすぐ家に帰らないといけないので……そのままだと、匂いがついてしまうかもしれませんから」

「そ、そうだな」

いつものように、着けずにそのまま——は確かにマズそうだ。

外に——というのもアリだが、結局は瀬里奈の腹か尻に出すことになってしまう。

それだと結局、匂いがつくことになる。

「じゃあ、早く済ませて瀬里奈《せりな》を家まで送らないとな」

「す、すみません。私は一人で大丈夫なんですけど……」

「俺が心配なんだよ」

「ありがとうございます……お礼に、どうぞ♡」

瀬里奈は、ベッドにころんと仰向《あおむ》けに寝転がって。

ぐいっと紺色ブルマをズラし、その下から清楚な白のパンツをあらわにさせる。

「おお……やっぱ、ブルマからハミ出る白パンツ、最高だな。前も、瀬里奈のブルマからパンツがチラッと見えてて あれ最高だったし」

「そ、そんなの見られてたなんて……お恥ずかしい♡」

「瀬里奈は恥じらってくれるのが可愛いよな」

湊《みなと》は、ちゅっ、ちゅっと瀬里奈にキスをする。

さらに、体操着をぐいっとめくり上げ、白いブラジャーと真っ白なお腹《なか》もあらわにさせる。

めくれ上がった体操着とブラジャー、ズレたブルマから見えているパンツ。

黒髪の清楚《せいそ》な美少女が見せてくれる、このエロい姿に湊は興奮が止まらなくなる。

「ん、んんっ……湊くん、ちゅっ、んっ♡」

湊は瀬里奈のブルマをさらに大きくズラしながら、舌を絡め合う濃厚なキスを交わす。

こんな可愛い女友達に、万が一のことがあったら困るので、早く済ませなければ。

実際のところ瀬里奈は護身術の心得があって湊より腕っ節が強く、夜道でもまず心配はないのだが。

「ご心配かけたお詫《わ》びに……最初は着けずに、楽しんでくださっていいですよ。最後だけ着けてもらえたら……んっ、むむ♡」

「い、いいのか。じゃあ、お言葉に甘えて……」

湊は、瀬里奈の唇をちゅうちゅうと吸いながら、受け取っていたものを枕の近くに放り出す。

「今日は体操着姿で喜んでもらえたので、私も嬉しいですしね……♡」

「ああ、瀬里奈のこの姿、独り占めできて最高だ」

最後に着けるのも面倒だが、まずはなにも無しで体操着姿の瀬里奈と遊びたい。

賢い瀬里奈は、湊の欲望くらいお見通しで、いつも楽しませてくれる。


「湊くん」

「あっ、生徒会長……」

翌日の昼休み。

湊《みなと》が、教室前の廊下で男友達と話し込んでいると。

そこに伊織《いおり》翼《つばさ》が通りかかった。

ショートカットの髪、すらりとした長身。

クールで透明感があり、キラキラと輝いているかのようなオーラ。

今日も昨日と変わらず、〝王子〟らしい雰囲気を漂わせている。

しかも、五人の可愛い女子を引き連れていて、イケメンハーレム王子という感じだ。

「昨日は助かった。ありがとう」

「い、いや……」

湊は、ちらちらと友人たちのほうを気にする。

彼らの目が「葉月《はづき》さんや瀬里奈《せりな》さんと仲良くしといて、今度はこの生徒会長と？」という殺意に満ちている。

「あ、そうだ」

伊織は、なぜか湊たちの教室内をちらりと見て、湊もつられてそちらに視線を向けた。

そこには葉月や穂波《ほなみ》がいて、なにやら楽しそうに笑っている。

穂波が湊の視線に気づき、ぶんぶんと手を振ってきた。

その動きに合わせて、ぷるんぷるんとEカップの大きな胸が揺れている。

本当に無防備で、危なっかしい女子だった。

「えっと、会長。あいつらがどうかしたのか？」

「なんでもない。にぎやかだなと思っただけだ」

伊織は目を閉じて、小さく首を横に振った。

「それより湊くん、ちょっと話、いいか？」

「ん？　いいけど……」

「みんな、悪いな。湊くんと生徒会のことで話があって」

伊織は周りの女子たちに断りを入れると、さっさと歩き出した。

ついてこいということだと察して、湊は彼女の後ろを歩いて行く。

友人たちの視線が痛かったので、一旦離れられるのは助かる。

あとで厳しい吊《つ》るし上《あ》げをくらうことになりそうだが。

伊織は少し歩き、ひとけのない空き教室の前で立ち止まった。

「このあたりでいいか。昼休みももうすぐ終わるから」

「ああ、どこでもいいよ、俺は」

湊は、伊織と二人きりになったことで少し落ち着かない。

あまり女子らしくないのに、ここまでドキドキするのも不思議な話だ。

「それで、会長——」

「伊織《いおり》、でいい。みんなにそう言ってるんだが、会長呼びが多くて。どうも偉そうに思えて、できれば避けたいんだ」

「そ、そうか。じゃあ、俺は遠慮なく」

湊《みなと》は女子を苗字《みようじ》で呼び捨てにすることに、最近慣れてきている。

「俺のことも湊でかまわない。寿也《としや》、でもいいけどな」

湊は冗談めかして言う。

今のところ、湊を下の名前で呼ぶのはゼロ番目の女友達である梓《あずさ》琴音《ことね》くらいだ。

「これから一緒に仕事をするんだし、他人行儀はよくないか。ミナ、でもいいかな？」

「ミナ？　あ、ああ、いいけど」

湊もあまり過去に経験したことのない呼称だった。

しかも、このイケメン女子にそんな風に親しげに呼ばれるとドキッとしてしまう。

「じゃあ、ミナ。今、一緒に仕事――と言ったが、これからも手伝ってもらえるか？」

「ん？　ああ、まだ文化祭の後始末、何日もかかるだろ？」

湊は普通に手伝いは続行するつもりだった。

わざわざ念を押されたのが意外なほどだ。

「そうか、よかった。けっこう大変な仕事だからな。ミナがなにか理由をつけて断ってくるのもありえるかと思ってた」

「瀬里奈《せりな》から頼まれた仕事だし、投げ出したりはしないって」

「そうか、心配するだけ失礼だったか。すまなかったな」

「いや、俺もはっきり手伝いを続けるって言ってなかったし」

そこまで言って、湊はふと気づいた。

「もしかしてそれを訊くために、俺の教室まで来たのか？」

「ち、違うよ！」

「……ん？」

唐突に、伊織の口調も声色も変わってしまった。

「違う、そうじゃない」

「……違うのか」

と思ったら、伊織は元の声に戻って言い直した。

ただ、さっきの伊織の口調と声色はイケボというより、どこか可愛《かわい》らしかったような。

「違うと言ってる」

「……そ、そうなのか」

伊織は湊を睨《にら》みつけるようにしてきている。

余計なことを考えると、怒られてしまいそうだ。

「ただ……実は前にも、生徒会の手伝いを他の男子たちに頼んだことはあるんだ」

「そりゃあそうだろうな」

生徒会役員が部活などで忙しくて出てこられないなら、手伝いは必要だ。

「だが、どうもみんなわけのわからないことを言って、生徒会室に来なくなるんだ」

「わけのわからないこと？」

「オーラがどうしたとか、まぶしくて生徒会室にいられないとか。なにか変なものが見えてるのか、彼らは？」

「……なんだろうなあ」

湊《みなと》の目に、伊織《いおり》のオーラが見えているのは幻覚ではないようだ。

いや、幻覚なのだろうが、他人にも見えるのなら湊に問題があるわけではないだろう。

伊織のクールで堂々とした態度を見ていると、錯覚してしまうらしい。

「俺はまあ、なんともないよ」

伊織のまぶしいオーラは気になるが、湊の場合はすぐそばに同じく陽の強烈なオーラを放っている葉月《女子》がいる。

湊は他の男子より、オーラへの耐性があるようだった。

「だから、これからも手伝えると思うよ」

「そうか、ほっとした。ミナ、今後もよろしく」

伊織は心から安堵《あんど》しているようだ。

その整った顔に、かすかに笑みが浮かんでいる。

「ところでもう一つ……」

「ん？」

「さっき、君の教室をちらっと見て気づいたんだが……穂波《ほなみ》さんがいたな」

「穂波？」

意外な名前が出てきたな、と湊は驚く。

穂波麦《むぎ》は、湊と同じクラスの女子で、葉月《はづき》が率いる陽キャグループの一員だ。

湊にとっては女友達の一人でもある。

「伊織も穂波を知ってるのか」

「知らない人はいないだろう。あれだけ派手なんだから」

「そりゃそうだ」

室宮には派手な女子生徒が少なくないが、金髪で褐色肌の穂波麦は目立ちすぎるほどだ。

しかもスタイル抜群の美少女で、性格も見た目どおり明るい。

湊も、葉月や瀬里奈《せりな》の可愛さには初見で驚かされたが、インパクトという意味では穂波が一番だったかもしれない。

「もしかして伊織も、穂波と同中《おなちゅう》とか？」

「いや、中学は別だったが……」

伊織《いおり》は首を横に振った。

「中学のときに塾に通ってたんだが、夏期講習と冬期講習だけ穂波《ほなみ》さんも通ってきてて」

「ふぅん」

長期の休みのときだけ塾に通うというのは、よくあることだ。

「塾の実力テストではいつも私がトップだったのに、穂波さんがいるときだけ首位陥落しててて……」

「………」

どこかで聞いたような話だった。

中学時代から優等生だった瀬里奈《せりな》も、穂波に成績で負けていた時代があったらしい。

「でも、塾のテストでトップを獲《と》れるくらいなら、伊織はもっとレベル高い高校行けたんじゃないか？　まさか、穂波に勝つために同じ高校に……？」

「え？　いや、そんな馬鹿なマネはしない」

伊織は珍しく、苦笑している。

そんなマネをした瀬里奈がいることを、湊《みなと》はさすがに言わなかった。

「私の家、学校のすぐ近くなんだ。学校の窓から見える距離にある」

「おー、そりゃマジで近いな」

「徒歩三分だな」

「近《ちか》っ！」

それなら、ギリギリまで寝坊していられる。

いや、女子なら身支度に時間がかかるし、そこまでのんびりかまえていられないだろうが、家が学校から近いのは羨ましかった。

「室宮は別にレベル低くないし、通学時間を考えるとかなり魅力だったんだ」

「ああ、なるほど」

そこまで近いのなら、学力と多少釣り合わなくても選択肢に入るのはありえることだ。

湊も室宮の卒業生の進学先くらいは多少調べたが、誰でも知っているような有名大学に進んだ生徒も珍しくない。

伊織も成績優秀なら、室宮からでも高ランクの大学に進めるだろう。

「それで、ここからが本題だけど……ミナ、穂波さんと仲が良いのか？」

「まあ、そこそこかな」

穂波のおっぱいもパンツも見せてもらってる、とは言わない。

実は穂波麦《むぎ》はエロ配信をしたいという野望があり、湊はそれに付き合わされている。

今のところ、穂波はまだ配信はしていないようだが、ちょいエロ程度の際どい写真を撮って、ＳＮＳに上げている。

湊が、それらの写真の撮影係を務めているわけだ。

「その、穂波《ほなみ》さんは……なんで成績、普通なんだ？　今はむしろ悪いようにすら見える。高校に入って、そこまでレベルが下がるとは思えないんだが」

「そこまでレベルが下がってるんだよ。遊び回りすぎて」

「……………もったいない。もちろん、他人の私がどうこう言うことじゃないのはわかってるが」

「伊織《いおり》が、なにか言いたくなるのはわかる」

湊《みなと》には穂波が中学の途中までは成績優秀だったという話は、どうも信じがたい。

つまり、中学時代の穂波を知っている伊織にしてみれば、今の穂波の成績が逆に信じがたいのだろう。

「でも今はまだ一年だしな。穂波も、二年三年に上がれば、また意識が変わるかも。そうなったら、手強《てごわ》いんじゃないか？」

「ただでさえ、瀬里奈《せりな》さんが手強いのに、それは困るな」

伊織は真面目な顔をして、腕組みする。

彼女の胸は平坦《へいたん》で、腕組みしても胸が持ち上がらない――などと、湊は失礼なことを思ってしまう。

「ん？　どうかしたのか、ミナ？」

「い、いや、しばらく穂波は遊び回るだろうな。ＳＮＳと配信に夢中みたいだし」

「へぇ、私はそういうのはよく知らない」

「え、そうなのか？」

「さすがにスマホは持ってるが、ＳＮＳはやらないし、動画サイトとかもまず見ない」

「それは……珍しいな」

湊もＳＮＳは積極的にはやっていないが、アカウントは持っている。

動画サイトはゲームの攻略や実況動画をメインに、割とよく観《み》ている。

というより、同年代でＳＮＳにも動画にも無関心という人間は珍しい。

真面目でお堅そうな瀬里奈でも、ＳＮＳはＰＣの情報収集用に見ているし、自作ＰＣやガジェット系のレビュー動画などはチェックしているそうだ。

葉月《はづき》は見た目どおり、ＳＮＳは普通に楽しんでいる。

湊は、際どい写真などは載せないように、葉月にしっかり言い含めている――まるで保護者のようだが。

「生徒会のＳＮＳは茜《あかね》さんに一任してるしな」

「茜？　ああ、生徒会の役員さんか」

「瀬里奈さんの幼なじみだよ。茜さん経由で、瀬里奈さんに生徒会の手伝いをお願いするようになったんだ」

「瀬里奈が生徒会に知り合いがいるってのは聞いたな。その茜さんって人は……」

「茜《あかね》沙由香《さゆか》さん。生徒会の会計担当だ。あんまり人と会うのが好きじゃなくて、リモートで仕事してる」

「生徒会の仕事もリモートの時代か……」

部活はリモートでは難しいだろうが、生徒会ならばある程度はなんとかなるだろう。

とはいえ、湊《みなと》の今の仕事のように物理的なファイルや書類を確認する仕事では不可能だ。

「生徒会の日常業務をほとんど彼女一人に投げてる状態なんだ。悪いと思うが、彼女のほうから一人でやりたいって言うもんだから」

「なかなか変わった女子みたいだな」

言われてみれば、生徒会の仕事は文化祭の後始末だけではないはず。

湊の知らないところで頑張っている役員がいたらしい。

「おーい、みなっちぃ！」

「うわっ！」

たたたっ、と廊下の向こうから走ってきたのは、紛れもなく穂波麦《ほなみむぎ》だった。

際どく短すぎるミニスカートの裾がひらひら揺れ、今にもパンツが見えそうだ。

「さっき手ぇ振ったのにスルーしたよねぇ！　ひどい、もう麦に飽きたの!?」

「どんな関係だよ!?」

湊にとって穂波も、あくまで女友達だ。

おっぱいやパンツを楽しませてもらっていても、そこは変わらない。

「ははっ、冗談。つーか、こんなトコでなにしてんの！　ていうか、その人誰ぇ！」

「穂波さん！　廊下は走らないように！」

「うぇっ⁉」

穂波が、伊織《いおり》の鋭い声にびくんとなって跳び上がる。

「ご、ごめんなさぁい……」

「いや、こっちこそ悪い。急に怒鳴ってすまなかった」

「う、ううん……」

穂波はふるふると首を振った。

いつも騒がしい穂波が、妙にしおらしい。

「み、みなっち、こちらどちら様？」

「おまえも俺と同類だな……生徒会長だよ」

「生徒会長！　偉い人だねぇ！」

穂波も、あまり学校のことに興味がないようだ。

湊は人のことは言えないが、生徒会長の顔と名前くらいは知っておくべきだろう。

「別に偉くはない。ただ、生徒会長という役職についているというだけで、私が君たちより上の立場ってわけじゃないから」

「あー、新選組は局長とか平隊士とか肩書きはあったけど、みんな平等な同志だった、みたいな」

「そうそう、それだ」

「………………」

湊《みなと》は話がよくわからずに首を傾《かし》げた。

ただ、生徒会長が他の生徒に命令する権限があるわけではない、というような話らしい。

「ところで、穂波《ほなみ》さん……」

「ん？　なに、かいちょ？」

「……いや、なんでもない。気にしないでくれ」

伊織《いおり》は、穂波が自分を覚えていないか一縷《いちる》の希望を見出《みい》だそうとしたようだ。

残念ながら、この遊びほうけている穂波が、中学時代の模試で競った相手のことを覚えているはずもない。

そもそも、穂波のほうに競っている意識があったかどうかすら……。

「というか君、スカート短すぎじゃないか？」

「大丈夫、下に可愛《かわい》いパンツはいてるからねぇ」

「めくらなくていい！」

伊織が、スカートをめくろうとした穂波を慌てて止める。

「ははっ、大丈夫だってばぁ、ちゃんと短パンはいてるしぃ」

穂波はピースしてポーズをキメつつ、ぴらっとミニスカートをめくってみせた。

スカートの下、褐色の太ももとクリーム色の短パンがあらわになっている。

「男子もいるんだからな？　いくら短パンをはいていても見せびらかすのは……」

「えー、みなっちにはもう何回も見られてるし、別に？」

「なっ⁉」

伊織が驚いた顔をして、湊のほうを素早く見た。

「ミナ、君、そんな無害そうな顔をして覗きの趣味が……？」

「しゅ、趣味じゃない！　いや、ほら、なんていうか……」

湊は、頼み込んでパンツを見せてもらうことを普通だとは思っていない。

女友達にパンツを見せてもらっていることを、人に話すつもりもない。

「麦《むぎ》は短パンくらい見られても気にしないからねぇ。みなっちに見せて、からかってるだけ♡」

「そういうからかい方は感心しないな……」

伊織はかなり動揺しているらしい。

イケメン王子が冷や汗をかいている姿は、少し気の毒ですらある。

「かいちょは短パンはいてないの？　生パン派？」

「だ、男子の前で下着の話なんてできないよ！」

「んん⁉」

伊織《いおり》が顔を赤くして叫び——湊《みなと》は首を傾げる。

「かいちょ？　なんか声変わってない？」

「変わってない」

きょとんとする穂波《ほなみ》に、伊織はクールに言い切った。

「短パンとか生パンとか……そういう話を校内でしないように。風紀が乱れる」

「麦《むぎ》って、いるだけで風紀を乱してるよ？」

「自覚があるのか、君は！」

クールな伊織も、穂波と話しているとペースが乱れるようだ。

「冗談、冗談。別に麦はぁ、校内でエッチなこととかしないから、安心してぇ」

「……当たり前だ、それは」

伊織は、じろっと穂波を睨《にら》む。

もちろん、穂波は大嘘《おおうそ》を言っている。

空き教室で、湊にパンツや大きめの乳輪まで見せているのだから。

「あ、ごめんねぇ、みなっち、かいちょ、お邪魔しちゃって」

「いや、別に……穂波さんとも話せてよかった」

「そう？　あ、かいちょ、かいちょ、ＬＩＮＥ教えてぇ」

「私、あまりＬＩＮＥは使わないんだが……」

「じゃあ、いっぱいＬＩＮＥ送って、使わせてあげるね！」

「……強《つえ》ぇ」

湊は思わずつぶやく。

普通なら、使ってないと言われたら遠慮するだろうが、穂波のメンタルは化け物らしい。

「よし、登録完了。これからよろしくね！」

「ああ、よろしく」

伊織は穂波に押されっぱなしだったが、ようやく立て直したらしい。

昨日、女子たちに向けていた〝王子様スマイル〟がよみがえっている。

「かっこいい友達ができちゃったぁ！　じゃあね、みなっち、かいちょ！」

「…………っ!?」

なにを思ったか、穂波がいきなり伊織のスカートを勢いよくめくって。

素早く身を翻《ひるがえ》して逃げ出した。

「穂波さんっ！」

「はは、ごめんごめん！　ギリギリ見えてなかったから！」

穂波は一瞬立ち止まり、伊織に拝むような動作をしてから、また逃げていく。

「ミナ……？」

「だ、大丈夫だ。マジで見えてなかったから」

じろっ、と伊織《いおり》に睨まれて——

湊《みなと》は、ぶんぶんと首を横に振る。

実際、伊織のスカートはかなり派手にめくれたが、ほっそりした太ももの付け根近くまで見えただけで、ギリギリでパンチラは回避された。

いや、短パンなどをはいているだろうから、短パンチラだろうか。

「穂波《ほなみ》さん、風紀委員に教育させるか……」

「いやあ、どうだろ。風紀委員で穂波を更生させられるかどうか。逆に、風紀委員が翻弄《ほんろう》されそうな気がする」

「……穂波さんのこと、よくわかってるんだな、ミナ」

「と、友達だからなあ」

湊は、穂波とはただの友達以上のことをしているし——

おそらく伊織が思っている以上に、湊は穂波のことを知っている。

ただ、それはさすがにこの王子様には話せない。

「しかし、ミナは瀬里奈《せりな》さんといい穂波さんといい、女子の友達が多いんだな」

「多いってほどでは……」

そう、実際に多いというほどでもないだろう。

葉月《はづき》、瀬里奈、穂波、それに梓《あずさ》と四人くらいなのだから。

もっと女友達が多い男はいくらでもいるはずだ。

とはいえ――

湊は自分以上に可愛い女友達がいる男もいないとは思っている。

それに、もしかしたら――

「…………」

湊は、ちらりと伊織の顔を見る。

可愛いだけでない女友達もできたのかもしれない。


「麦《むぎ》は知らなかったけど、かいちょって人気あるらしいねぇ。特に女子に」

「ああ、俺も現場を見たよ。女子に囲まれて、チヤホヤされてた」

放課後――

湊は穂波麦とともに、校舎内の一室にいた。

室宮高校は昔より生徒が減って、空き教室が増えている。

同時に、部室や倉庫として使っていた部屋も、今は空き部屋になっていたりするらしい。

湊《みなと》たちがいるのは、部室や特別教室が集まっている第二校舎にある一室だ。

生徒会室よりも狭く、なにかの準備室だったようだ。

古びた段ボールが積まれているが、ガムテープで封がされていてなにが入っているのかわからないし、湊は興味もない。

ただ、この空き部屋は鍵が壊れていて、好きに出入りができる。

今は、念のために掃除用のモップをつっかい棒にして戸を閉めてある。

以前、湊が瀬里奈《せりな》のスカートに顔を突っ込んでいるときに、穂波《ほなみ》に現場を目撃されてしまった。

女友達にもうあんな恥ずかしい思いはさせたくないので、戸締まりはしてあるわけだ。

今の二人の話題は当然のように、伊織《いおり》生徒会長のことだ。

「あれはチヤホヤもしたくなるよ。かっこいいもんねぇ、〝王子〟」

「そのあだ名、穂波ももう知ってんのか」

「ウチのグループは正確無比な情報網を持ってるからねぇ」

「なるほど……さすが、葉月《はづき》グループは顔が広いんだな」

「意外と葵《あおい》はなにも知らなかったりするけど」

「葉月が？　グループのリーダーなのに？」

「葵、あんまり噂話《うわさばなし》とか興味ないからねぇ。さっきみんなで、葵と王子、どっちが人気が上かとかネタに話してたけど、当の本人は全然興味ないんだよ」

「まあ、葉月はそういう話、あまり関心なさそうだな」

さすがに葉月も自分が人気者という自覚はあるだろうが、だからといって人と競うつもりなどなさそうだ。

「ところで穂波、校内でエッチなことはしないとか言ってなかったか？」

「麦《むぎ》がしてるんじゃないよ、みなっちがエッチなことしてるんだよぉ」

「………今日ばかりは俺のせいじゃないだろ。その格好はどうしたんだよ」

「へへん、どうよぉ？」

穂波は、湊の前でくるっと回ってみせた。

短いスカートがひらっとめくれ、褐色の尻がわずかに見えた。

「どこで手に入れたんだ、そんな服……」

「このくらい、今時はどこでも手に入るよぉ」

穂波が着ているのはメイド服――

しかも、文化祭で女子たちが着用したクラシックなメイド服でも、ミニスカメイド服でもない。

上はフリルがついた黒いブラジャーのみ、下はちょっと動いただけで下着が見えそうな超ミニスカートで短めの白いエプロンが付いている。

「〝水着メイド服〟っていうのかなぁ？　この前の文化祭でメイド服が気に入ったから、いろいろ探してて見つけたんだよぉ。どう、エロくない？」

「あんまり露出度高すぎると逆にエロくないが……これはエロいな」

「回りくどいねぇ。でも、エロいのか、よっしゃぁ」

穂波《ほなみ》は嬉《うれ》しそうにガッツポーズをする。

派手な金髪に派手な褐色肌、それに異様に肌を見せた水着メイド服。

胸元もお腹《なか》も太ももも丸見えで、この姿で外を歩いたら逮捕されてもおかしくない。

「むしろ、ちょっとエロすぎるよなあこれ……」

「おいおい、そんなこと言いながら、なにスカートめくってパンツ見てんのぉ？」

湊《みなと》は空き部屋にあった椅子に座り、後ろ向きに立った穂波のスカートをめくり上げた。

「あ、許可がまだだったな。穂波、そのミニスカめくってパンツを見ていいか？」

「もう見てんじゃーん。ま、いいけどぉ」

穂波のメイド服のミニスカ、その下にはイエローの可愛いパンツをはいている。

パンツの可愛さも最高だが、柔らかそうな尻も見ているだけで興奮が止まらない。

「ていうか、パンツもお尻も毎日見せてるのに。今日は水着メイド服を楽しんだらぁ？」

「まずはパンツを見て、そのあと全体を楽しもうかと」

「まあ、順番はみなっちの好きにしていいけどさぁ。毎日パンツ見て、そんな楽しい？」

「楽しいに決まってるだろ！」

「すっごい食い気味で言うねぇ！」

穂波は振り向いて、呆《あき》れた顔を向けてくる。

はずみで、尻がぷるんっと揺れた。

冗談ではなく、湊は毎日見せてもらっている穂波のパンツに飽きることはない。

穂波のパンツは意外に白が多いが、綿だったりシルクだったり、ピンクのリボンがついていたり、一度だけクマのプリントが入っていたこともある。

「本当に、穂波は毎日パンツに変化をつけてくるよな」

葉月《はづき》は黒やピンクが多く、瀬里奈《せりな》はほとんど白だ。

「そりゃあ、みなっちが飽きないように頑張っていろいろはいてきてるんだよぉ♡」

「……本当か？」

「パンツ集めるの楽しくなってきてさぁ。前はけっこう、同じのはいてたけど、最近は毎日違うのはいてて楽しい♡」

「まあ……穂波も楽しんでるなら俺も嬉しい」

湊が楽しんでいるだけでなく、穂波もノリノリなようで安心したくらいだ。

「どんどん穂波も大胆になってるよな。こんな姿、もし他の生徒に見られたら……」

「麦《むぎ》が水着メイド服着てても、みんな『また馬鹿やってるよ』くらいしか思わないんじゃない？」

「なるほど確かに……って、それもどうなんだ？」

穂波《ほなみ》は、自分が校内でどう思われているのか認識しているのか。

実際、もし穂波が教室で水着メイド服になっていたら、湊《みなと》でも驚きはするが意外には思わない。

「あ、ちゃんと動画も撮ってねぇ。自撮りエロ配信、まだあきらめたわけじゃないから」

「穂波はどう撮ってもエロすぎるから、無理じゃないか……？」

そう言いつつ、湊は片手でスマホを構える。

「やんっ、そんなこと言いながらいきなりローアングルで撮ってるじゃん」

「いや、俺はそんな趣味ないぞ？　ローアングラーとかじゃないから」

湊は、そこにツッコまれるのは心外だった。

盗撮はもちろん、たとえ撮影会などでもモデルが望まないきわどい撮影をしていたら、おそらく怒りを覚える。

「ただパンツとか尻を撮ってるだけじゃダメか。やっぱ、動きがないとな」

「動きって……やあんっ、触ってるよぉ♡」

「この尻、いいよなあ。褐色の尻を撫《な》でて、ぷりんぷりん揺れるのがすっげーエロい」

「ぷ、ぷりんぷりんって頭悪そうだなぁ」

湊《みなと》は穂波《ほなみ》のスカートを片手で持ち上げながら、スマホでパンツを前から後ろへと、舐《な》め回《まわ》すようにして撮っていく。

「趣味ないとか言っておきながら、ノリノリじゃん、みなっちぃ♡」

「穂波の趣味に付き合ってるんだよ」

「最近は、葵《あおい》やるかっちと遊べなくて、みなっち寂しいんじゃないぃ？」

「さ、寂しいってほどでは……」

もう穂波も、湊が葉月《はづき》や瀬里奈《せりな》と一緒に〝遊んで〟いることを察知しているようだ。

頭の回転が速い穂波は、カンもかなり鋭いらしい。

「そ、それより、パンツ映ってると配信とか難しいだろ。せめて谷間とか……」

「配信どうこうじゃなくて、みなっちが見たいくせにぃ」

「うおっ……まだ頼んでもいないのに……」

穂波は一旦湊から少し離れ、前屈《まえかが》みになって、むぎゅっと両腕で胸を押し上げるようにする。

黒いブラジャーが少しズレて——

「うお、ちょっと乳輪はみ出してるぞ……！」

「やんっ♡　もう何回も見られてるけど、ブラがズレて見えるの恥ずぃ♡」

黒いブラジャーのカップから、ピンク色の大きめの乳輪がちらっと見えている。

穂波は胸もEカップで大きいが、乳輪も葉月や瀬里奈と比べて大きめだ。

「じゃあ、穂波のおっぱい見せてもらうか」

「わっ、そんなあっさりブラめくってぇ♡」

湊は、穂波が前屈みのまま、すぐそばに来たので、黒のブラジャーをぐいっと上にズラし、ぷるるんっとおっぱいをあらわにさせた。

胸も褐色で、頂点の乳首全体が葉月や瀬里奈と比べて大きめだ。

だが、この大きな乳首も、湊はとても気に入っている。

「やっぱ、穂波の派手な乳首、いいよなあ……」

「ち、乳首に派手も地味もないってぇ……やんっ、コリコリしてるぅ」

湊はスマホで乳首も撮影しつつ、その大きな乳首の先端をつまんで転がす。

「でも、褒めてくれたから好きにしていいよぉ。つまんでも舐めても吸っても……いっぱいしてよぉ」

「マジでいいのか……」

「いっつもしてるくせにぃ。んっ、あっ……♡」

湊はお許しを得たので、穂波の胸を手と口でたっぷり味わう。

そのたびに穂波が信じられないくらい可愛《かわい》い声を上げ、身体をくねらせる。

大きな乳首の縁をなぞるようにして舐め、口全体で含み、舌先で転がす。

こんな可愛いギャルの乳首を好きなだけ味わえるとは――

いくら穂波《ほなみ》と友達になったとはいえ、ここまでヤらせてもらえるとは思っていなかった。

葉月《はづき》以上に派手なギャルである穂波は、地味な湊《みなと》からはもっとも縁遠い人種のように思われたからだ。

「はぁっ、もう……せっかく水着メイドになってあげたのにぃ、いつもどおりおっぱいとパンツに夢中じゃん♡」

「いや、水着メイドのおかげでいつもより興奮してるかも。もう撮影とかしてられねぇ」

湊はスマホの撮影を停止させる。

穂波のエロい姿は、スマホで撮るより自分の目で見てたっぷり楽しみたい。

「はぁっ、はぁ……ガチじゃん、いつもよりすっごぉ……！」

穂波は湊に責められて声を上げまくり、疲れ切ったらしい。

座ったまま、空き教室の窓際にもたれ、はぁはぁと息を荒らげている。

「こ、こんなにされちゃったら……もういいかなって思っちゃいそう……」

穂波は超ミニスカの中に手を入れて、するっとイエローのパンツを下ろしてくる。

一気に太もものあたりまで、パンツが下ろされて――

「えっ、穂波……も、もしかして……」

「あっ、今はダメ。今はダメだよぉ」

「……いつならいいんだ？」

湊は、むにむにと穂波の胸を揉みしだきながら訊く。

「今はほら、葵《あおい》もるかっちも頑張ってるらしいじゃん？　麦《むぎ》たちだけ遊びすぎるのも悪い気がするからさぁ」

「そ、それもそうか……」

確かに、穂波の言うとおりだった。

葉月たちも湊たちに遊ぶなとは言わないだろうが、追試の期間中に穂波との遊びを次の段階に進めるのは後ろめたい。

「じゃあ、追試終わったらそのうちねぇ……でも、みなっちも我慢できないだろうから」

「ん……？」

「これ、ヤってみたかったんだよねぇ。みなっち、今回はこっちからお願いしていい？」

「え？　お願いって」

「今日の麦はメイドさんだからぁ、ご主人様に……ねぇ？」

穂波は顔を真っ赤にして、湊のズボンのあたりを見つめている。

湊は穂波の柔らかそうな唇を見て、ごくりと唾を呑《の》み込《こ》んだ。

「ご主人様ぁ、麦にご奉仕させてぇ。このお口、好きに使ってくださぁい♡」

「お、おお」

湊《みなと》は別にご主人様とメイドプレイに興味はないが、このエロくて可愛い穂波《ほなみ》に言われると、ゾクゾクしてしまう。

「でも、お口を使ってもらう前にちゅーしてみようか？　麦《むぎ》の初めてのちゅー、もらってくれるぅ？」

「も、もらってやろう」

湊には、ご主人様を演じるほどの演技力はないようだった。

しかし、キスも初めてなのか——

そこは、湊にも少し意外だった。

穂波はこんな派手なギャルだが元々は優等生だし、女子同士で遊ぶことにしか興味がなかったようだ。

男子とのアレコレはすべてが初体験らしい。

「じゃ、ちゅー……しよぉ？♡」

湊は頷き、穂波と唇を重ね——

「んっ、ちゅ……♡　変な感じ。みなっちとちゅーしちゃうなんて」

穂波は耳まで真っ赤になって照れている。

湊は穂波の太ももや尻、乳首には何度もキスしてきたのに唇を重ねるのは初めてだった。

それも変な感じだが——この快感の前ではそんなことはどうでもよくなる。

さらに、このあと、もっととんでもない快感がやってくる――

「じゃあ、穂波の口、好きに使ってほしいなぁ。どうぞ、ご主人様ぁ♡」

「お、おお……」

穂波は座ったまま、ゆっくりと屈《かが》み込《こ》んでいく。

まさか今日、穂波麦にここまでヤってもらえるとは。

水着メイド服姿、それもブラジャーをはだけた状態の穂波が自分の足元に跪《ひざまず》いて、ここまでしてくれている姿は――たまらない。

「んー……ちゅうっ♡」

「うおっ……！」

湊は凄《すさ》まじい快感に包まれ、この派手な女友達との新たな遊びにのめり込んでいく自分を止められなくなる。

顔を激しく前後に揺らす穂波の頭にぽんと手を置き、湊はゆっくりと快楽に身を委ねていった――

3 女友達には別の顔がある

伊織《いおり》はモニターと書類を交互に見ながら、軽やかにタイピングしている。

マウス操作は最小限で、ショートカットキーを使いこなしながら操作しているようだ。

「伊織、ずいぶんPC使い慣れてるな」

「それほどでもない。まあ、スマホよりは使いやすいな」

伊織は、ちょっと困ったような顔をする。

褒められて照れているようだが、いつものクールな表情なのでわかりにくい。

「ウチは両親ともにプログラマーなんだ。今は管理職らしいが、昔からPCが好きで。家にデスクトップもノートも何台もあって、私も小さい頃から使ってた」

「そりゃ羨ましい環境だな」

PC好きな瀬里奈《せりな》も羨ましがるだろう。

「私はプログラムとかは苦手で、事務に使えるスキルしかない。PCはゲーム機だな」

「お、マジか。俺もゲームは基本、PCで遊んでるな」

「へぇ、まあ据え置きゲーム機専用のタイトルってもう少ないからな。ＰＣがあれば事足りるというか。ちなみにミナ、なにを遊んでる？」

「今はレジェかな。ＦＰＳのレジェンディス」

「あ、私も少しやってる。ただ、どうもエイムが苦手で。周りにやってる友達も少ないから、どうしても野良になってしまうしな」

「え、でもレジェはプレイヤー多い……って、そうか」

「ん？」

「いや、まあ野良だとどうしても勝敗が運任せになるよな」

野良、というのはオンラインゲームで知らない者同士でチームを組むことを言う。

知り合いとチームを組めば、味方の力量もわかるし、だいたいは通話を繋《つな》いでいるので、声を出し合って連携が組める。

野良の場合は味方が上手いか下手かわからず、ボイスチャットなどもオフにしているケースも多くて連携が取りづらい。

ただ、伊織の場合はそれ以前の問題――

伊織は、周りの友達はほとんどが女子だろう。

レジェンディスのような大人気ＦＰＳは女子プレイヤーも少なくないが、まだまだ男性プレイヤーのほうが多い。

女子の伊織《いおり》がレジェンディスを一緒に遊ぶ友達がいないのも、無理ないことだ。

「ただ、私は対人ゲーより普通のアクションゲーが好きなんだ」

「なんだかんだで、そっちのほうが多いんじゃないか？　俺だってアクションは普通に遊ぶしな」

湊《みなと》も今はレジェンディスにハマっているが、ストーリー性があって敵モンスターを倒していくようなゲームも好きだ。

「俺は、ちょっと前までは〝ファンスレ〟やってたな。最初はシュオッチ版でやったが、あとでＰＣ版でやり直したんだよな」

「〝ファンタジースレイヤー〟か。あれも人気だな。なるほど、据え置きゲーム機より、ＰＣ版のほうがフレームレート高くてヌルヌルだからな」

「そうそう、わかってるな」

伊織は本当にゲーマーらしく、湊は同好の士として嬉しくなってくる。

「ただ、実は私はなんというか……」

「ん？」

「レトロゲーが好きなんだ」

なぜか、伊織は顔を赤くしている。

確かにレトロゲーム好きは、それこそ女子では珍しい趣味かもしれない。

ただ、別に恥ずかしがるような趣味でもないだろう。

「いや、正確にはレトロってほどでもないかも。古くてせいぜい十五年くらいだから」

「十五年は充分古いだろ。俺ら、一歳とかだぞ」

とは言うものの、湊も確証はない。

レトロゲーとは、家庭用ゲーム機黎明期《れいめいき》のゲームを指すのかもしれない。

「まあ、定義とかはどうでもいいや。伊織はどんなゲームが好きなんだ？」

「たとえば……〝グランノワール〟とか」

「グラノワ！　マジか！　俺もめっちゃ好きだった！」

「本当!?　ミナ、グラノワやってるの!?」

「やったやった！　小学生の頃、友達の家にあって！　そこでしか遊べなかったんだよな。でも、毎日その友達の家に遊びに行って、やりすぎて出禁くらったくらいだ！」

「それはどうかと思うが……」

伊織は、さすがに苦笑いしている。

グランノワールは、〝双子の剣士〟が中世ヨーロッパ風の世界を旅してモンスターを倒していく、剣のバトルをメインとした３Ｄアクションゲームだ。

「俺もキッズだったからな。優しい目で見てくれ。思えばあれが、初めてＰＣで遊んだゲームだったのかも」

「あれは家庭用ゲーム機でも発売予定だったけど、結局出なかったそうだな」

「ああ、俺もそれはだいぶあとで知った」

グランノワールの制作元は、国内のメーカーだ。

天才的なディレクターがいて、彼の指揮の下に開発されたらしい。

ただ、そのディレクターはグラノワ開発直後に会社を辞めてしまい、家庭用への移植の話も消えたのだ。

「メーカー自体も潰れて、DL販売も消えちゃったんだよな。そもそも、現行のOSには対応してないから、ソフトが入手できても遊べねぇけど」

湊《みなと》は、しみじみと言った。

PCゲームのプレイヤーには、OSの非対応問題は深刻だ。

古いゲームを遊ぶのは、超ハイスペックを要求してくる最新ゲームを遊ぶ以上にハードルが高い場合もある。

「俺も一度、グラノワをなんとか遊ぼうと思ったことはあるんだが、思った以上に面倒であきらめたんだよな」

「ミナ、グラノワが遊べるPCなら私の家にある！」

「えっ!?」

「PCのOSはもうサポート期限がとっくに切れてるから、完全スタンドアロンにしてるんだ！　というか、もう古いＰＣゲーム専用のマシンにしてて！」

「そ、それはすげぇ。贅沢《ぜいたく》な話だな」

ＰＣは場所も取るし、状態を保持するためのメンテナンスも面倒だ。

ゲームのためだけに古いＰＣを保管しているのは、マニアだけだろう。

「グラノワは、もう再ダウンロードもできないが、ローカルにゲームデータが保存してあるから！」

「マ、マジか！　もう遊ぶ方法ないって言われてたのに……！」

湊は幼い頃の興奮を思い出す。

グラノワはかなり難易度の高いゲームで、友達数人で集まって泣きそうになりながら、必死に進めていったものだ。

そこまで思い出して、湊は不意に――

「ん？　なんだ、ミナ？　なんでじっとこっちを見てる？」

「いや、伊織《いおり》はクールだと思ってたからな。興奮してるのが珍しくて」

「……わ、私も人間だぞ。好きなものの話をしてたら、盛り上がりもする」

「はは、悪い。余計なツッコミだったな」

クールなイケメン王子がゲームの話で、顔を赤くして興奮している――

なんとなく、湊は伊織のこの顔を知っている人間は少ないのではと思った。

「まったく、ミナは意地が悪いな。もういい、仕事に戻ろう」

「わかったよ」

湊《みなと》は頷《うなず》いて、入力作業を再開する。

ただ、作業を進めている間にも――

「………………」

伊織《いおり》が、あからさまに湊にちらちらと意味ありげな視線を向けてきている。

湊が座っている位置からは、生徒会長のデスクが視界に入るのだ。

この数ヶ月で、湊も女友達ができて、彼女たちとの付き合いでコミュ力も上がってきた。

少なくとも、以前ほど鈍くはない。

だから――

「……なあ、伊織」

「な、なんだ？」

「俺さあ、グラノワ遊んでみたいんだよな。伊織ん家のゲーム用ＰＣ、使わせてもらうことってできないか？」

「そ、そうか、ミナ、そこまでグラノワやってみたかったのか。仕方ないヤツだな」

伊織は明らかに嬉しさを隠せない顔だった。

どうやら湊の提案は、正解だったらしい。

「だったらミナ、ウチに来ないか？　グラノワ、実は私……二人同時プレイ、やったことないんだ」

「ああ、あのゲームってオンラインの協力プレイできないもんな」

「ミナは友達の家でやったんだよな？」

「そうそう。つっても、実はクリアまでやったことないんだよな。リアルタイムのときは、俺も友達もガキで、あのゲームは難しすぎたからな」

「私、ずいぶん昔にクリアまではやったが、難しいところはパパ……お父さんにやってもらったから」

「へぇ」

伊織の父親は相当なゲーマーなのではないだろうか。

湊は、伊織が父親を〝パパ〟と呼んでいることにはツッコまない。

伊織が時折、口調が変わることには湊ももう気づいている。

ただ、本人が意識して変えているわけではないので、そこに何度もツッコむのは遠慮するべきだろう。

そんなことより——湊にとっても、これは得がたいチャンスだ。

思い出のゲームがすぐ手が届くところにあるのだ。

これで興奮しなければ、ゲーマーではない。

「つまり、伊織《いおり》……」

「そう、ミナ……」

「『二人でリベンジだ！』」


生徒会の仕事は切りの良いところまで進んだので、早めに上がることにした。

それでいいのか湊《みなと》は気になったが、伊織の仕事を覗《のぞ》くと普段より進みがいいくらいだった。

湊の進行はいつもどおりだが、こちらは仕事量もさほど多くないので期日までには間に合うだろう。

つまり、〝リベンジ〟を始めても問題はない。

伊織翼《つばさ》の自宅は、本当に室宮《むろみや》高校のすぐそばだった。

徒歩三分は、過言ではない。

伊織家は二階建てのシャレた白い家で、まだ築年数も浅そうだった。

何台もＰＣを持っているという話だったし、伊織の家もお金持ちなのかもしれない――

と、湊は少し緊張する。

「遠慮せず入ってくれ。ウチは共働きだし、一人っ子だから」

「ああ、そうなのか」

伊織はさっきの興奮は治まったようで、いつものクールな顔に戻っている。

だが、間違いなく伊織翼は女子なのだから——

湊は今から、女子の家に——しかも、親がいない家に上がり込もうとしているのだ。

さすがにこれで緊張しない、というのは無理がある。

もっとも、伊織は落ち着き払っているので、あまり変な様子も見せられない。

「なにしてるんだ、ミナ。ほら、早く」

「わかってるって」

伊織はさっさと門扉《もんぴ》を開けて数メートル進み、玄関のドアを開けて家に入った。

湊も伊織に続いて歩き、伊織家にお邪魔する。

「へぇ……」

玄関内には植物や絵などが飾られていて、伊織家は内部もシャレているようだ。

「なんかいちいち立ち止まってるな、ミナ」

「まあ……なんというか、オシャレだな、伊織ん家」

「あー……ウチの両親はいわゆるアレだ。意識高い系なんだ」

「なるほど」

伊織は複雑そうな表情をしている。

意識高い、は褒め言葉ではないことも多いが、伊織《いおり》はあまり両親の趣味に賛同できないようだ。

「間接照明ばかりで、家が薄暗いんだ。私は普通に照明つけたほうが明るくていいし、わけのわからない絵とかはいらないと思うが、親の金で揃えてるんだから文句も言えない」

「いや、こういう家も憧れるなあ、俺は。ウチなんて父親と二人暮らしだから、愛想もなにもないし、必要なものしか置いてないんだ」

「そういうのがいい。実際、シャレた家なんて住みにくいばかりだ」

伊織はスリッパを出してくれて、湊《みなと》はそれを履いた。

それから伊織は廊下を歩いて、奥へと進んでいく。

「家はシャレてるくせに、ＰＣだけは合理的なんだ」

「合理的？」

「親のＰＣはＬＥＤ無し、流行《はや》りのピカピカなんてゼロ、ゴツい空冷ファン、エアフローと拡張性以外はなにも考えてない馬鹿でかい黒のケースに、グッチャグチャのケーブルだからな」

「それは意識高い系の対極だな……」

デスクトップＰＣはゲーミング用途だと綺麗《きれい》な白いケースを使い、冷却ファンがＬＥＤで七色に光ったりするのがずっと流行っている。

だが、本気でスペック高いＰＣを作りたいなら見た目など無視しがちだ。

伊織家の両親は、ＰＣに関しては合理性にこだわるらしい。

「こっちだ、ミナ。一階の一番奥にＰＣルームがあるんだ」

「ＰＣルーム？」

一般住宅の一室としては、あまり聞かないワードが飛んできた。

湊は、伊織に続いて廊下を歩いて行く。

「ここだ。どうぞ遠慮なく」

「お邪魔しまーす……」

湊は一瞬、巨大なマザーボードやずらりと並列に並んだＳＳＤ、唸《うな》りを上げている大量の空冷ファン、怪しげに光るブルーの水が循環する水冷パイプなど、常軌を逸したＰＣパーツが剝《む》き出《だ》しで壁に取りつけられている光景を想像してしまったが――

さすがにそんなことはなく。

八畳ほどの部屋の奥にＰＣデスクが二つ並び、それぞれ液晶モニターが二枚ずつある。

そのデスクの下に、冷却のためかサイドパネルが外されたフルタワーのデスクトップＰＣが、それぞれ一台ずつ置かれている。

常識的な姿ではあるが、中身を剝き出しにしたＰＣも珍しい。

「俺はデスクトップ使ってないが、サイドパネルって開けっぱなしでもいいのか。ホコリとか入りまくりじゃないか？」

「まあ、頻繁にパーツの付け外しをしてて、そのたびにホコリも払ってるから」

「そんなにPCの中ってイジるもんなのか。瀬里奈《せりな》も凄《すご》いと思ったが、上には上がいるな……」

「そうだ、瀬里奈さんもPC好きだって話はちらっと聞いた。本人、なぜか恥ずかしがって、あまり説明してくれなかったが」

「瀬里奈は羞恥心のポイントがちょっとズレてんだよ」

ちょっとどころでないことは、さすがに湊《みなと》の口からは言えない。

「っと、そんな話はいいか。ちょっと待っててくれ、飲み物を持ってくる。ミナ、なにがいい？」

「なんでも——いや、コーヒーか紅茶がいいかな。砂糖は二つ」

「そうそう、なんでもいいなんて言われると困る。コーヒー淹れてくる」

伊織《いおり》はそう言うと、PCルームから出て行った。

「ふーん……」

PCの低いファンの音がかすかに響いてくる。

強力そうな空冷ファンが動いている割に、そこまでうるさくない。

古いPCに〝グランノワール〟がインストールされているというが、そのPCはどこにあるのだろうと、湊はきょろきょろしてしまう。

「待たせた、ミナ」

「あ、ああ」

思ったより早いお戻りだった。

伊織は、湯気を立てるコーヒーカップを二つ手に持っている。

ついでに制服のブレザーも脱いできて、上は白いブラウスにネクタイをラフに締めただけだ。

「砂糖は二つだったたな。私はカフェオレ」

「へぇ、カフェオレも美味《うま》そうだな」

「じゃあ、こっちをあげよう」

「え？　いいのか？」

「もちろん。ブラックは苦手だけど、砂糖が入ってれば普通のコーヒーも好きだ」

「悪いな、伊織」

普段なら遠慮するところだが、伊織が屈託ないのでつい受け取ってしまう。

伊織はクールだが決して冷たくなく、むしろ親切だ。

王子などと呼ばれているのは、ただ見た目が良いからではないのだろう。

優しくなければ、王子などというあだ名はつかない。

「じゃあ、いただきます。うん、美味い」

「コーヒーはインスタントだけどな。淹《い》れ方《かた》にちょっとコツがあるんだ」

「飲み物に凝るタイプなのか、伊織《いおり》は？」

「そうでもない。でも、ＰＣ触るときは長時間デスクの前にいるからな。飲み物なしじゃ無理」

「はは、そりゃそうだ。俺もだよ」

湊《みなと》もペットボトルのコーヒーや紅茶、日本茶くらいだが、ＰＣゲームを遊ぶときに飲み物は欠かせない。

「まあ、私はプレイが長時間に及ぶとコーヒーがエナジードリンクに変わるな……」

「高校生がエナドリに頼るのはマズくないか……？」

生徒会室ではクールに仕事をこなしている伊織も、自宅では闇の部分があるらしい。

「いや、冗談だ。エナドリはたまにしか飲まない」

「たまに飲むのかよ。まあ、俺も飲んだことくらいはあるけど」

「気づくと、カシュッとエナドリの缶を開けている瞬間があるんだ」

「無意識に開けてるのは、やっぱりマズくないか……？」

冗談と思わせて、ガチのヤバいネタをかぶせてくる生徒会長だった。

「おっと、グラノワだった。やろうやろう、今すぐ始めよう、ミナ」

「ちょっと待ってくれ」

「グラノワが動くマシンは二台ある。両方動かしてみよう。ちょっと待ってくれ」

湊のツッコミはスルーで、伊織は二つ並んだデスクの下に潜り込んで、なにやら操作している。

電源やケーブルを繋《つな》ぎ直したりしているようだ。

「おーい、伊織。俺もなんか手伝おうか？」

「いや、大丈夫だ。ここのケーブルはカオスで、私もたまに間違えて繋ぐくらいだから」

「なるほど……っと！」

湊はデスクの下を覗《のぞ》き込《こ》もうとして、慌てて目を逸《そ》らした。

伊織は両手両膝をついているので、短いスカートの中が見えそうになっていた。

葉月《はづき》、瀬里奈《せりな》、穂波《ほなみ》と三人のパンツを数え切れないほど見せてもらっているが、女子のスカート内が見えそうになれば慌ててしまう。

しかも、伊織は湊にパンツを見る許可を出していない。

勝手に見てしまうわけにはいかない。

クールな王子様でも、やはりこういう姿を見ると——女子なのだと意識してしまう。

「お待たせ、繋がった。ミナはそっちのデスク使ってくれ」

「あ、ああ」

湊《みなと》は動揺を隠し、伊織《いおり》と並んで座る。

「あ、ミナ、古いOSだけど操作はわかるか？」

「うーん、今のと大差はないだろうから、たぶん大丈夫――」

言いかけて、湊はまた動じてしまう。

伊織は、生徒会室では自分のデスクで仕事をしている。

長机で作業している湊からは、伊織の胸から上くらいしか見えない。

なので、伊織の座り方など気にしたこともなかったが――

「どうかしたか、ミナ？　やっぱりわからないか？」

「い、いや、大丈夫だって」

湊はつい、伊織の腰より下に視線を向けそうになってしまう。

すぐ隣にいる伊織は、片足だけあぐらをかくようにして座っている。

こんな座り方をする男子はいるし、湊も自宅の机ではたまに似たような座り方をする。

しかし――

「変なヤツだな。まあ壊れることはないし、ミナはPCの使い方もわかってるみたいだから大丈夫だろ」

伊織はわずかに笑い、デスク上に載っているモニターに向き直った。

ほっ、と湊は安堵《あんど》する。

伊織は自宅で油断しているのかもしれないが、ミニスカートであぐらをかかれるとドキリとしてしまう。

しかも伊織は脚が長く、ほっそりとした美脚だ。

いくら〝王子様〟でも、伊織は女子なのだから座り方には気を遣ってほしい――

というのは、湊の勝手な願いで、自宅でどう座ろうが伊織の自由だ。

とりあえずデスクのほうを向いてくれたので安心しつつ、少しだけ惜しい気もする。

「っと、このＯＳが既に懐かしいな。子供の頃、俺ん家のＰＣもこれだったよ」

「けっこう小さい頃からＰＣ使ってたんだな、ミナ。じゃあ、グラノワを立ち上げてくれるか？」

「ああ、このアイコンだな」

伊織の脚に動揺している場合ではない。

湊は本気で数年ぶりのグランノワールを楽しみにしていたのだ。

「おお……！　この画面！　すっげー見覚えがある！」

「そこまで感動してもらえると、私まで嬉しくなってくるな」

隣で、伊織が苦笑している。

あるいは、湊は伊織のあぐら以上に動揺させられているかもしれない。

タイトル画面では、荒れ果てた大地に、ボロボロの甲冑《かっちゅう》を身につけた双子の騎士たちが立っている。

子供心に少し恐怖を感じながらも、ワクワクさせられた気持ちがよみがえってくる。

「これ、キーマウで操作するのか？」

「そうだった。キーマウでもできるが、ちょっと待ってくれ」

伊織《いおり》は椅子からひょいっと下りた。

「あれ、脚立《きゃたつ》が見当たらないな。まあいいか、ミナがいるし」

「ん？」

「あの棚の上、段ボールがあるだろ。あそこにパッドをしまってるんだ」

「なんであんなトコに……」

壁際に高い棚が置かれていて、ゲームやアプリのパッケージがぎっしりと詰まっている。

その棚の上に、確かに段ボール箱が一つある。

「ミナでも届かないよな。私が椅子に乗って取るから、椅子が動かないように支えておいてくれ」

「了解」

椅子はキャスターがついているので、支えていないと動いてしまう。

湊《みなと》が椅子に乗ってもいいが、こういう椅子に体重が重い者が乗ると壊れるかもしれない。

いや、本当は椅子に乗ってはいけないのだろうが、華奢《きゃしゃ》な伊織なら大丈夫だろう。

「じゃあ悪いけど、支えておいてくれ。すぐ取るから」

伊織は棚の前に椅子を転がしていって、その上にさっと乗った。

湊は慌てて、床に跪《ひざまず》くような体勢で椅子を両手で掴《つか》み、動かないようにする。

「えーと、この辺に突っ込んだはず……」

伊織は背伸びして、段ボールの中身を覗《のぞ》き込《こ》みながら探している。

いろいろ入っているらしく、古びたマウスやキーボードなどを取り出し、棚の上の空いたところに置いていく。

「きゃっ⁉」

「な、なんだ、伊織？」

あまりにも意外なほどに可愛《かわい》い悲鳴が聞こえて、湊は驚いてしまう。

「あ、ごめん、なんでもない。その……ちょっと小さい虫が」

「ああ……」

伊織は落ち着いて見えるが、いきなり虫が出てくれば驚くだろう。

男の湊でも、「きゃっ」とは言わないにしても情けない悲鳴の一つも出る。

伊織の可愛い悲鳴には、湊も自分でも意外なほどに動じてしまったが――

「大丈夫か、俺が代わろうか？」

湊は苦笑しつつ、なんとなく見上げてしまう。

そして、ミニスカートの中がちらりと見えた。

ほんの一瞬だけだったが白いなにかが——

「いや、大丈夫。ミナ、ちょっとティッシュを持ってきてくれ」

「あ、ああ。椅子、離すぞ」

今度は伊織《いおり》の脚どころかスカートの中まで見えてしまい——

さすがに湊《みなと》は、本気で申し訳なくなってくる。

だが、迂闊《うかつ》に謝ったりすると、見られたことに気づいていない伊織に余計に悪いかもしれない。

湊はティッシュを取りに行きながら、ふと思った。

葉月《はづき》のように、伊織は家に帰ったら短パンやスパッツを脱いだりするのだろうか？

「あっ、まずい！」

「え？」

湊が振り返ると、伊織は椅子から片足だけ下ろして立っていた。

その伊織の頭上、段ボールから取り出して棚の上に置かれたマウスが、落ちかけている。

「っと！」

伊織は椅子に乗り直し、跳び上がってとっさにマウスを掴んだが——

「危ねっ！」

湊もとっさに動き、椅子のキャスターが回って落ちそうになった伊織を受け止める。

柔らかい身体の感触が伝わってきて——湊は床に手をつきながら倒れてしまう。

「痛てて……大丈夫か、伊織？」

「あ、ああ、悪い、ミナ。このマウス、昔使ってた思い出の品で」

危ないのは承知の上で、反射的に摑んでしまったらしい。

床に仰向《あおむ》けに寝転んだ湊の上に、伊織が座り込むような体勢になっている。

「気持ちはわかるが、気をつけろよ。伊織がケガでもしたらシャレにならないし」

「う、うん、ごめん。いや、ありがとう、ミナ」

「ああ……横着せずに踏み台を使わないと危ないって理解できたな」

湊は苦笑いしてしまう。

「悪い、ご招待したのにドタバタしてて」

「まあ……俺はグラノワが遊べるなら、多少のドタバタくらいかまわない」

「ケガにだけは気をつけないとな」

伊織もかすかに顔を赤くしつつ、苦笑している。

王子様にしては、ずいぶんなドジを踏んでしまったものだ——

「あ」

「え？　なんだ、ミナ？　どうかし——あっ⁉」

湊《みなと》の腹の上に座り込むようにした伊織《いおり》のミニスカートがめくれ、白いパンツが丸見えになっている。

伊織も気づいて、慌ててスカートの裾を元に戻す。

「ボ、ボクの……見えた？」

「ボク？」

「あっ！　そ、そうじゃなくて……ああっ、もうっ！」

伊織は立ち上がり、なぜか部屋の壁際まで下がっていく。

「み、見えたのはわかってるよ。へ、変な物を見せてごめんね？」

伊織はまた、どこか女性らしい口調になっている。

「謝るようなことじゃ……こ、こっちこそ悪かった、伊織」

「えっと……あのね、ミナ」

伊織は、恐る恐る口を開いた。

「別に私は見せたがりじゃなくて、その……なんというか、見せパンをはいて下着を隠すのは、私のキャラに合わない気がするの。一応、私は……〝王子様〟らしいから」

「別に、見せパンはいてても誰も気にしないと思うが……」

伊織が、急に見せパンをはいていないことの弁解を始めるとは思わなかった。

ただ、湊も伊織の言っていることが多少は理解できる。

伊織《いおり》は周りが王子様扱いしてくるので、自分のキャラをつくっているらしい。

見せパンをはかないのもキャラづくりの一環のようだ。

「で、でも……私、男の子に下着を見られたの初めてだよ……」

「……そ、そうなのか」

伊織は普通に短いスカートをはいている。

学校では、よほど気をつけて振る舞っているらしい。

「ね、ねえ、ミナ」

「うん？」

湊《みなと》は答えながら、ようやく立ち上がる。


「下着を見たこと……忘れてね？」


「…………っ！」

湊は、一瞬心臓が止まりそうになった。

決して大げさな話ではない。

クールな王子様だった伊織翼《つばさ》が、今確かに——可愛い女子の顔になった。

いや、元から間違いなく美形だし、そもそも女子なのだが。

生徒会の仕事中の伊織はクールに振る舞い、湊はそんな彼女のことを――

そう、湊はとっくに気づいていたことをあらためて思い知った。

自分は、伊織を男友達のように思っていたのだと。

だからこそ、さっきから無防備な座り方をされたり、パンツが見えたりして、それだけで自分でも意外なほど動揺してしまったのだろう。

だが、今の伊織は誰がどう見ても――可愛い女の子で。

湊は、伊織には申し訳ないことだったが――

メス顔、というろくでもないワードを脳裏に浮かべていた。


伊織家訪問の二日後――

「悪いな、ミナ」

「いや、いいって。そんな気を遣わなくても」

湊は、また伊織翼と行動をともにしていた。

しかも、今日は二人ともまた学校外にいる。

ただ、二日前のように遊びではなく、れっきとした生徒会の仕事だ。

「時々あるんだ、こういう買い出しは」

そう——

今日の任務は、生徒会の備品の買い出し。

生徒会室の文房具類やPC周りの消耗品が不足してきており、早めに補充しておくことになったのだ。

筆記用具やファイル、プリンターのインクと用紙、さらに湊《みなと》が使っているノートPCのマウスも調子が悪いので買い替えなければならない。

例によって、他の生徒会役員の姿はなく、湊と伊織《いおり》の二人だけだ。

街に出て、生活雑貨店と家電量販店に行くことになっている。

伊織と並んで学校を出て、街への道を歩いて行く。

「はぁ、今日は冷え込むな」

伊織はそう言って、歩きながら位置を変え、湊を冷たい風からかばってくれている。

男女の役割が逆だが、伊織は自然にそうしているようなので代わるとも言いづらい。

常に周りを女子に囲まれている伊織は、そんな立ち回りを身につけてしまったのだろう。

「しかし、意外と買うものが多いな。やはりもう一人くらい連れてくるべきだったか」

伊織は買い出しリストのメモを見ながら、困った顔をしている。

確かに買い出しの品は多いようだが——

伊織家訪問の際の、パンツ目撃事件のことは忘れたかのようだ。

少なくとも、伊織はまるで気にした様子もない。

あの日、可愛《かわい》い女の子の顔になっていた伊織は、今日はいつものクールな生徒会長だ。

「ん？　どうかしたのか、ミナ？」

「……なんでもない。まあ、今日は荷物持ちがいるからな。好きなだけ買ってくれ」

湊はごまかすように言って、笑った。

「荷物はちゃんと平等に分け合おう。これでも私は、力もあるから」

「そういや、伊織は運動もできそうだな」

「中学の頃は陸上部で鍛えてた。短距離走者だったが、どうも中三の頃にはあまりタイムが伸びなくなって、高校ではやってないんだが」

「へぇ、陸上か。それっぽいな」

「それっぽい？　まあ、陸上のユニフォームが似合うとはよく言われてた」

「ふぅん……」

湊は、伊織の陸上ユニフォーム姿を想像する。

セパレートのユニフォーム――上は丈が短く密着したタンクトップ、下はブルマのようなパンツ。

引き締まったお腹《なか》とくびれた腰、ほっそりした太ももと、しなやかな脚……。

「伊織のユニフォーム姿か。ちょっと見てみたかったな」

「……えっち」

「えっ⁉」

「なんでもない」

伊織《いおり》は何事もなかったようにまっすぐ前を向いて、すたすたと歩いている。

どうも、伊織が可愛げを見せる瞬間が増えてきた——湊《みなと》はそんな気がしてならない。

陸上の話はそれで終わってしまい、生徒会の仕事について話をしながら少し歩いて、目当ての店に着いた。

まずは生活雑貨の店で、大きなビルが丸ごと店になっており、文房具や日用品をメインに、ＤＩＹ用品なども揃《そろ》っている。

「ミナ、先に注意事項を。大事なのは、領収書をきちんともらうこと。忘れると、会計が黙っていない」

「あとで精算するんだよな。けど、もし領収書をもらい忘れたら、最悪自腹を切ればいいだけじゃないか？　文房具ならそこまで高くないし……」

湊はもちろん、生徒会の仕事をして自腹まで切りたくないが、見知らぬ生徒会会計に怒られるなら金を出したほうがマシだ。

「私も以前同じことを思ったが、会計に言わせると『そういう問題じゃない』だそうだ。真顔で言ってた。なんだか怖かったぞ」

「うん……領収書はきちんともらうようにするよ」

湊は、まだ見ぬ生徒会会計に恐怖を感じていた。

茜《あかね》沙《さ》由《ゆ》香《か》という女子は、敵に回さないほうがいいタイプなのかもしれない。

「ああ、混雑してるな。年末も近づいたこの時期は、どこの店も混むのが厄介だ」

「しゃーない。どうする、伊織？　手分けして買ってくるか？」

「ミナは細かいことはわからないだろう。二人で回ろう」

「……ああ」

なんだかこれは――デートのようだ、と一瞬思ってしまった。

伊織家を訪ねて、彼女のパンツを目撃する前なら、そんなことは夢にも思わなかったかもしれない。

「あっ、寿也《としや》！」

「え？」

筆記用具類を見ていると、突然声をかけられた。

セミロングの茶髪で、背は高くもなく低くもなく――

胸もそこそこ大きいが、標準的な体型で、ちょっと幼めの顔立ちをした女子が湊たちの後ろに立っていた。

「なんだ、梓《あずさ》か」

「前も同じような反応しなかった？　寿也《としや》、私に塩対応だよね」

「そんなことはないだろ……」

梓琴音《あずさことね》は湊《みなと》のクラスメイトで——ゼロ番目の女友達だ。

湊はかつて彼女に告白してフラれているが、そのことはお互いに思い出さないことになっている。

塩対応なのではなく、気を遣わなくていい相手というだけだ。

「こんなところで会うなんて珍し——あっ！　王子——じゃなくて、伊織《いおり》会長！」

「えーと……梓さん、だったかな」

「えっ！　わ、私の名前知ってるんですか？　もしかして、会長だから全校生徒の顔と名前を知ってたり？」

「まさか、さすがにそこまでではない。君は目立つ子だからな」

伊織はクールに微笑《ほほえ》み——

梓はその微笑みを見て、顔を赤く染める。

「わ、私、目立ってなんて……ねぇ、寿也？」

「俺に振るなよ」

ただ、梓は凄く目立つというほどではないが、そこそこ可愛いので周りに存在を認識されやすいはずだ。

伊織に知られていても不思議はない。

「えっ、でも……寿也って伊織会長と友達なの？」

「俺は今、生徒会の仕事を手伝ってるんだよ」

「へぇ、寿也が？　あ、こいつ仕事は真面目にやるんで、どんどんこき使ってやってください」

「梓は俺のなんなんだよ」

「ミナが真面目なのは知ってる。それと梓さん、同学年だから敬語じゃなくていい」

「えー、なんか生徒会長って言われると畏《かしこ》まっちゃうんですよね……王子だし」

最後にぼそっと、梓は付け加えた。

あまり自己評価が高くない梓は、王子様相手では怯《ひる》んでしまうようだ。

「無理にとは言わないが、普通でいい。ああ、梓さんも買い物？」

「はい、友達の誕生日パーティがあって。いろいろ買い出しに来たんです」

楽しげな梓は紙袋を一つ持っていて、既にいろいろ買っているようだ。

「まだ買いたいものあるんだけど、寿也、ちょっと付き合える？　ちょうどいいから、寿也に見てもらいたいものがあって」

「俺に？　えーと……」

「かまわない。よかったら、私も付き合っていいか？」

「むしろ寿也《としや》はいいから、会長に付き合ってほしいくらいです！」

「おい」

本当に梓《あずさ》とは気遣いしないでいい関係になっているようだ。

湊《みなと》はそろそろ、梓にもパンツを見せてもらおうかなどと考えつつ——

「ここ、ここで買いたいものがあって」

梓に連れられてフロアを移動した先は、パーティグッズ売り場だった。

飾り付け用のグッズや、ジョークグッズなどがずらりと並んでいる。

梓はきょろきょろしながら売り場を見て回り——

「あ、これこれ。こういうの、ほしくて」

「ん？　カツラ？」

「ウィッグって言ってよ、寿也。私、コスプレしてみようと思って。この前のメイド喫茶も楽しかったしね」

「なるほどな」

水着メイドで浮かれていた穂波《ほなみ》と同じように、梓もコスプレにハマったらしい。

「私、地味じゃん？　派手なピンクとかブルーとかのウィッグはどうかな？」

「地味だから似合わないんじゃね？」

「おい」

ガッと梓が拳で湊の肩を叩《たた》いてくる。

「君ら、仲良いんだな」

「えー？　そんなことないですよ。こいつ、何ヶ月も私を無視してたこともありますし」

「……………」

この女、まだ根に持ってやがる。

湊はそう思いつつも、梓から逃げていたのは事実なので反論できない。

「え、ミナ、女子を無視したりするのか……ちょっとイメージ変わったな」

「うっ……」

伊織《いおり》に冷たい目で見られ、湊は肩身の狭い思いがする。

「なんてね、まあいろいろあったんで仕方ないです。私はもう怒ってませんから」

「そうなのか、だったら私がどうこう言うことでもないな。そうか、やはり仲が良いのか。

ミナは親しい女子が多いんだな」

「うっ……」

なぜか、さっきより伊織の目が冷たい気がした。

梓と仲が良くても悪くてもダメとは、理不尽な話だった。

「なんでしょうね、寿也はダメなところが女子に気に入られるんですかね。あっ、このパープルのウィッグもいいかも！」

「……俺も頑張って、梓《あずさ》に似合うの探してみるよ」

「はは、今さら私に気を遣わなくても！　あっちも見てみよ！」

梓は少し離れたところに並んでいる、アニメキャラのウィッグを漁《あさ》り始めた。

「しかし、さすが生徒会長だな。梓、ファンみたいになってるじゃないか。もしかして俺、伊織《いおり》に生意気だったか？」

「ミナが生意気なのは否定しないが、ファンになられても困る。今のままでいい」

「まあ、今さらファンになるのは難しいな」

伊織のパンツを見てしまったことがバレたら、他のファンに殺されるだろうか。

湊《みなと》は性懲りもなくパンツのことを思い出す。

「梓さん……女の子らしい人だな」

「うん？　あー、平均的というか標準的というか。女子の見本、みたいな？　そんな言い方は、梓に失礼か」

「若干、失礼だな。私も、多少的を射《い》てると思ってしまったが」

伊織は、軽く苦笑いする。

「……ミナはあの子が好きなのか？」

「え!?」

「仲が良いにしても仲良すぎる気がしたから」

「そ、それはないって……」

少なくとも今の湊は、梓に恋愛感情は持っていない。

梓はゼロ番目の女友達で、大事な存在ではあるが。

「ミナはああいう女の子らしい、可愛《かわい》らしい子なら友達になりたいと思うのかな」

「な、なんだそれ」

「そういえばさっき、梓さんに私と友達かどうか訊《き》かれて、さらっと流したな？」

「と、友達……だと思ってるよ、俺は」

「そうか」

伊織は重要なことを訊いておいて、素っ気ない反応だった。

こういうときはクールでいられると困る。

「いや、私だってミナを――ん？」

「どうした？」

伊織が、視線をまっすぐ前に注いでいる。

そこにはウィッグがいくつも並んでいて――

「ただのウィッグじゃないか。これがどうかした――うわ、なんか高いな、これ」

湊は伊織の視線の先に並んでいるウィッグを見て、値札の数字に驚く。

さっき梓が手に取っていたものより、下手をすると一桁上だ。

「こんな高いの、無造作に置いてていいのかよ。あー、でも質感とか安いのとは全然違うな。本物の髪の毛みたいだ」

「う、うん……凄《すご》いね」

伊織《いおり》はじぃっとウィッグを見ながら、なにかうっとりしている。

その視線の先にあるのは、女性用のロングのウィッグで、黒髪に銀のメッシュが入ったシャレたものだった。

「こういう派手な色、自分の髪でやると戻すのも大変そうだな。ウィッグなら手軽に試せる——ってことはないか。値段が値段だもんな」

黒髪銀メッシュの値段も相当で、湊《みなと》は手で触れるのも怖いくらいだ。

「でも、意外と伊織にも似合うんじゃないか。伊織の顔なら、この派手な髪にも負けないだろうしな」

「えっ？　に、似合う？　私に？」

伊織は目を大きく見開き、湊の顔と黒髪銀メッシュのウィッグを交互に見た。

「そ、そうかな。私なんかがこんなの——って、なにを言ってるんだ、ミナ！」

「べ、別に怒鳴らなくてもいいだろ」

「あ……悪い」

「いや、そうだよな、生徒会長が銀メッシュとか入れてたらマズいよな」

湊は、ははははと笑い飛ばす。

凛《りん》とした美貌の伊織に、黒髪ロングで銀メッシュは意外と似合うと思ったのは事実だが、これ以上言わないほうがよさそうだ。

伊織にはショートカットが似合っているし、こだわりがあるのかもしれない。

「ねえねえ、寿也《としや》、伊織会長、ちょっとウィッグ試してみたいんだけど、一緒に見て！」

「ああ、私でよければ」

伊織は、離れていた梓《あずさ》のほうへと歩いて行く。

そして――一瞬だけちらっと、後ろを見てさっきの黒髪ロング銀メッシュのウィッグに視線を向けた。

やっぱり、伊織には似合うんじゃないか？

湊はそう思いつつも黙って、伊織と梓のもとへと向かう。

4 女友達は解放されている

Onna Tomodachi ha Tanomeba Igai to Yarasete kureru

「よおっしゃぁぁぁぁ！　追試クリアぁぁぁぁ！」

「葵《あおい》さん、おめでとうございます」

「よかったな、葉月《はづき》」

放課後の校舎の廊下。

湊《みなと》と瀬里奈《せりな》の前で、葉月がわかりやすく浮かれて踊っている。

ミルクティー色の長い髪を揺らし、ついでに短いスカートもヒラヒラと舞っている。

「なんのダンスだ、そりゃ？」

「適当！」

わかりきった答えが返ってきた。

揺れるスカートの下には、黒いスパッツをはいている。

なので、別に踊ろうが歌おうが葉月の自由なのだが……浮かれすぎていて、なぜか湊が恥ずかしくなってきた。

「ああ、そうだ。瀬里奈もお疲れ。葉月の面倒見るの大変だっただろ？」

「そ、そんなことは。人に勉強をお教えするのは初めてで、新鮮で楽しかったですよ」

瀬里奈は何事にもいい面を見つけようとする。

経験者である湊は、誰よりも葉月に勉強を教える困難さを知っている。

「ああ、それ、葉月の答案か？」

「ええ、僭越《せんえつ》ながら私も見せていただきました」

瀬里奈は大事そうにクリアファイルに答案用紙を挟み込んでいる。

「なあ、葉月。おまえの答案、見ていいか？」

「むしろ見ろ。あたしの頑張りを見て褒めろ褒めろ」

「…………まず見てからな」

葉月は踊りながら答え、誇らしげですらある。

追試をくらった時点で、あまり誇れることではないのだが。

「ふぅん……意外なくらい良い点数だな。確かに、よく頑張ったな」

「でしょでしょ。よーし、褒められた！」

追試は期末テストの問題をかなり流用していて、暗記するだけである程度の点数が取れるようになっているようだ。

ただ、期末テストでは見かけなかった問題もそれなりにあって、葉月はそちらも何問も正解している。

「へぇー、この和訳なんか難しいじゃないか。俺もちょっと正解できる自信ないな」

「ああ、その問題ですか。少し意地悪ですよね。習ってない単語も入ってますし、言い回しが難しいです」

「確かに……」

追試だからといって、サービス問題ばかりではないらしい。

これをクリアできたならたいしたものだ、と湊《みなと》は感心してしまう。

葉月《はづき》が頑張ったのはもちろん、瀬里奈《せりな》の教え方もよかったのだろう。

「次の葉月の追試は俺が教えよう。これを上回る点数を取らせてみせる……」

「え、次の葵《あおい》さんの追試も私が頑張って教えます。今回、コツを掴《つか》みましたので」

「こら、そこの二人！　次もあたしが追試確定みたいに言うな！」

ご機嫌だった葉月が目を鋭くして、湊と瀬里奈を睨んでくる。

「ていうか、追試になる前にあたしに教えてくれりゃいいでしょ！」

「おまえ、追い詰められるまで勉強しねぇだろ」

「残念ながら、葵さんは一度失敗してからが本番ですよね……」

「ねえ、瑠伽《るか》は湊の悪影響受けてない？　あんなに良い子だったのに」

失礼な話だったが、瀬里奈は素直なだけに人に影響されやすいのも事実だ。

とはいえ、瀬里奈も率直にものを言えるようになったのはいいことだろう。

「まったく……今日のあたしが最高にご機嫌じゃなかったら、友情終わってたよ」

葉月は腰に両手を当てて、ぷんぷんと怒っている。

かと思ったら――

「でも、まあいいや！　マジで嬉しいから！　追試さえ終わればこっちのもんだよ！　もう二月の終わりまでテストって名のつくものはない！」

やはり、三学期の学年末もギリギリまで勉強するつもりはなさそうだ。

湊は、別に葉月に失礼はしていないと確信する。

「じゃあ、どうする、葉月？　穂波《ほなみ》たちと遊びに行くのか？」

「今日は麦《むぎ》とかサラ、用事があるらしいんだよね。せっかく、あたしが自由の身になったのに、付き合いの悪いヤツらだよ」

「まあ、基本的にみんな、とっくに自由の身になってるからな」

「そうなんだよね。麦なんて勉強してないのに追試じゃなかったらしいし」

どうやら葉月の陽キャグループのメンバーに追試組はいなかったようだ。

グループのリーダーである葉月に、これ以上恥をかかせないためにも、三学期の学年末テストは心を鬼にして勉強させるべきか――

湊は、密《ひそ》かに覚悟を決める。

「あははは、麦《むぎ》たちも許そう。今日のあたしは最高にご機嫌だから」

葉月《はづき》は隣で鬼が誕生したことに気づかず、のんきに笑っている。

「よし、湊《みなと》、瑠伽《るか》！」

「なんだ？」

「フェアラン行こうぜ！」

「はいはい、わかったわかった」

「いいですね、また行きたいです」

フェアリーランド、略してフェアランには以前も三人で泊まりがけで遊びに行った。

国内最大級の遊園地であり、一度や二度行った程度では遊び尽くせない。

また三人で行くのもいいだろう。

「あんたら、お金あるの？　湊は電子マネー持ってたよね。瑠伽は現金持ってる？　ないなら先に一度、銀行かな？」

「んん？」

「えーと……？」

湊と瀬里奈《せりな》は顔を見合わせて、首を傾げてしまう。

「ほらほら、さっさと行くよ、二人とも」

「待て、今から行くのか!?」

追試の結果が帰ってきたのは、午後二時すぎ。

遊びに行くのはちょうどいい時間帯だったとはいえ——

「あー、楽しかったー！　ねっ、湊、瑠伽！」

「マ、マジでフェアランに行くとは……こいつ、行動力の化け物か？」

「世の中、冗談のようなことが起きるものですね……」

それから六時間後、午後八時。

湊、葉月と瀬里奈の三人はフェアランからの帰りの電車に乗っていた。

混雑している車内で、葉月と瀬里奈がシートに座り、湊はその前に立っている。

さすがに以前のように泊まりというわけにもいかず、帰ってきたのだ。

ほぼ一人暮らしの湊と葉月だけなら泊まることもできたが、瀬里奈はそうもいかない。

そもそも、フェアラン内のホテルは人気が高く、飛び込みで泊まるのは難しい。

「けっこういるらしいよ、飛び込みでフェアランに行く人って。なんなら、仕事帰りにちょっと寄る人もいるみたい」

「すげー体力だな、それ」

湊には想像もできない世界だった。

なんとなく、社会人は全員心身をすり減らして働いているイメージがある。

仕事が終わって、遊園地に立ち寄る人間がいるなど信じられない。

「まあ、追試終わりでソッコー遊園地に行く人間もそうはいねぇだろうけど」

「ここにいるじゃん」

「……そうだな」

葉月《はづき》は別にたいしたことでもないと思っているようだ。

その葉月は疲れた様子もなく、まだ浮かれている。

フェアランのメインマスコット〝はねキャット〟を模したネコミミもまだ頭に着けっぱなしだ。

「麦《むぎ》からもメッセ来てたよ。あいつも用さえなければ絶対行きたかったのにって、ガチで悔しがってるね。よっし、スタンプで煽《あお》っといたろ」

「やめてやれよ……」

葉月は、嬉《うれ》しそうにスマホを操作している。

おそらく、穂波《ほなみ》からは憎しみの返信が届くだろう。

穂波も、昼すぎからフェアランに遊びに行くことに特に疑問はないようだ。

湊《みなと》は葉月をはじめとする陽キャにも多少慣れた気がしていたが、まだまだ彼女たちの世界を理解できていないらしい。

「ですけど、ちょっとドキドキしました。こんな風に勢いで遠出して遊んだの、初めてでしたから」

「そんなもん俺だって初めてだよ」

普通、遊園地というのは遅くとも前日から準備して、朝早くから出かけていって楽しむものだ。

少なくとも、湊の認識ではそうなっている。

「まだまだだね、湊も瑠伽《るか》も。二人には勉強教わったから、今度はあたしが遊び方をいろいろ教えてあげよう」

「なんか、怖いな……」

葉月は悪い遊びなど教えないだろうが、別の世界が開いてしまいそうで湊は不安だった。

「べ、勉強させていただきます」

瀬里奈《せりな》はまんざらでもないようで、ワクワクした顔をしている。

「湊もストレスたまってたんじゃない？」

「え？　なんでだ？」

「あたしが勉強漬けになってた間、あんた、生徒会長とずっと仕事してたんでしょ？」

「あ、ああ。でもまあ、俺はただの手伝いだから」

「茜《あかね》さんに聞きましたけど、お仕事は優良進行だったそうですね。さすがです、湊くん」

「茜《あかね》？　ああ、リモート作業の会計さんか。まだ会ってないんだよな」

瀬里奈《せりな》の幼なじみだというから、興味は充分にあるが、どうも出会うチャンスがない。

いや、茜も普通に登校しているだろうから、その気になればいつでも会えるのだろうが。

ただし、領収書の件を聞いた今は、会うのが少し怖くもある。

「俺が仕事したというより、伊織《いおり》がやりやすい作業を割り振ってくれて、わからないことがあればすぐに解決してくれたからなあ」

「はー、生徒会長さんは有能だと聞いていましたけど、本当なのですね」

「その噂《うわさ》は間違いないと思うぞ」

「生徒会長ってあのイケメン王子様か。あたしも、ちゃんとしゃべったことないかも？」

「へえ、葉月《はづき》でも接点ないのか……」

陽キャの女王である葉月と、あれだけ目立つ伊織なら、どこかで出くわしてもおかしくないと湊《みなと》は思っていた。

だが、伊織も葉月についてなにか言うこともなかった。

湊と葉月が友人であることはもう校内でも有名で、伊織も知っているのだから、なにか特別な接点があればとっくに会話のネタになっていただろう。

「でも、葉月も伊織のことを知ってはいたんだな」

「知らないヤツなんていんの？」

「………」

ここにいます、とは言いにくい雰囲気だった。

湊も、あれだけ目立つ伊織翼《つばさ》をほぼ知らなかった自分をどうかと思っている。

穂波《ほなみ》も伊織の顔を知らなかっただけで、存在はちゃんと知っていた可能性も高い。

「でも、実はまだ生徒会の仕事、終わってないんだよな」

「へー、そうなんだ？　生徒会ってけっこう忙しいんだね」

葉月があまり興味なさそうに言っている。

以前の湊と同じように、生徒会など自分に関係ないと思っているのだろう。

「私が作業のお手伝いに戻りましょうか？」

「そうだなあ、葉月ももう手がかからなくなっただろうし」

「瑠伽《るか》はあたしのお母さんか？　あれ、でも瑠伽もなんかやることあるんでしょ？」

「ええ、実は台湾までＰＣパーツの買い付けに……」

「業者か⁉」

「冗談です」

「わかりにくい冗談を言うな、瀬里奈は……」

湊がちらりと見ると、葉月は「意味がわからん」と言わんばかりに首を傾げていた。

今のはツッコミが難しいボケだった。

「本当は、お家の用事がいくつかありまして。お友達の勉強にお付き合いするということで、免除してもらっていたのですが、まとめて片付けないといけないんです」

「そうか、大変そうだな」

お金持ちのご令嬢は苦労が多そうで、湊《みなと》は本気で心配になる。

そんな会話をしつつ、電車に揺られていき――

最寄り駅に着き、三人で歩き出す。

同じマンションの湊と葉月《はづき》はもちろん、瀬里奈《せりな》も下りる駅は同じだ。

「ふー、着いた着いた。なんだ、意外と早かったね。まだ九時じゃん」

「俺も瀬里奈も真面目なんでな。こんな時間にあまり外を出歩かねぇんだよ」

実際のところ、湊はそこまで真面目でもないが、用がなければ夜道を歩いたりしない。

「夜は、せいぜいコンビニに行く程度だなあ」

「私は昼でもあまりコンビニは行きませんね……」

「いや、瑠伽《るか》はいろんな意味で普通じゃないから」

「そ、そうですか？」

瀬里奈は心外そうだが、残念ながら葉月の言うとおりだった。

とはいえ、瀬里奈のようなお嬢様でなくても、夜中に出歩かない女子高生は多いだろう。

「あ、言っとくけど、あたしだって夜遊びなんてしないからね？　カラオケでオールとか全然やらないし。ウチのグループは健全なんだからさ」

「わかってるよ、それは」

湊も葉月グループの遊びには何度か付き合わされたのだ。

葉月たちと遊びに行った際、意外に解散が早いことに驚かされた記憶がある。

「そもそも、葉月はけっこうインドアだもんなあ」

「バイトしてないから、お金ないしね。今はお母さんがお小遣い多めにくれてるから、いきなりフェアランも行けたけどさ」

「葉月、生活費から使い込んだりするなよ……？」

「しねぇっての！　あんた、あたしをなんだと思ってんの！」

怒られてしまったが、葉月ならやりかねない。

今、葉月の母は長期出張中で、一人暮らし状態の葉月は生活費を現金でもらっているようだ。

一緒に暮らしている湊が見る限り、食事などは贅沢《ぜいたく》ではないが――コンビニやデリバリーで済ませている。

意外に高くつくので、そこそこお金を使ってしまっているだろう。

「あ、忘れてた！　今日から新作スイーツが出るんだった！　瑠伽、行こ！」

「え、私もですか。い、いいですけど……」

葉月《はづき》は駅前のコンビニに、瀬里奈《せりな》の手を引いて入っていってしまう。

仕方なく湊《みなと》もついていき、ホットコーヒーだけ買って先に出てきた。

葉月はコンビニスイーツを真剣に選んでいて、口出しがしづらかった。

値段を気にしているわけではなく、乙女としてカロリーを気にしているらしい。

瀬里奈まで真剣な目でスイーツを見ていたので、邪魔はしづらい。

「ま、俺が後方腕組みして二人を眺めてたら、あいつらも気にして悩みづらいかも……って、瀬里奈はともかく、葉月はそんなこと気にしないか」

湊は苦笑いして、コーヒーを一口すすった。

さすがに十二月ともなると外は冷え込んでいるので、熱いコーヒーが心地よい。

「はぁ、美味《うま》い……」

砂糖をたっぷり入れたコーヒーが、疲れた身体に沁《し》みる。

まさかのフェアラン行きは楽しかったが、さすがに疲れている。

湊も今日は、瀬里奈を家まで送ったら、葉月に二、三回ヤらせてもらうのが限界だろう。

葉月のほうも疲れているだろうから、何度もヤらせてもらうのも悪い。

今日はエッチな遊びも解禁になると思っていたので、少し拍子抜けではある。

「………」

湊はふと、ついこの前の——伊織《いおり》のスカートの中を思い出す。

王子様な生徒会長の白いパンツも刺激的だったが、それ以上に――

パンツを見られて恥ずかしがる、伊織翼《つばさ》の〝女子の顔〟には驚かされた。

もちろん、伊織は王子様などと呼ばれるだけあってイケメンだ。

いや、葉月や瀬里奈、穂波《ほなみ》にも劣らない美形と言っていい。

伊織は王子様だが――並外れた美少女でもあるのだ。

「うーん……」

まだ夜九時ということもあって、制服姿や私服姿の高校生くらいの女子も何度かコンビニの前を通っていく。

ここはまだ駅前で明るくにぎやかで、人通りが多いので女子たちも気にせず歩いている。

そんな彼女たちには悪いが――伊織翼の整った顔はレベルが違う。

あまり気にしなかったが、女子にしては長身ですらっとした身体つきで、脚も長く、モデルのようであるとも言える。

実際、伊織がその気になれば、モデルデビューなど簡単だろう。

王子様と呼ばれているのは伊達《だて》ではなく、常に動作がきびきびしている。

姿勢がよく、なにをしてもサマになっているのだ。

あれは天然ではなく、自分を鍛えた結果なのかもしれない。

「生徒会長って大変だよな……」

常に人によく見られなければならない。

ましてや、無様な姿を見せるなどあってはならない。

いくら湊《みなと》でも、さすがに先日目撃してしまったパンツのことは忘れてやらなければ伊織《いおり》に申し訳ない。

「ん……？」

湊はコーヒーをすすりながら、ふと妙なものに気づいた。

なにか見覚えのある顔が通りすぎたような気がしたのだ。

「え……？　誰だ……って、えぇ？」

湊はコーヒーを一気に飲み干し、熱さに顔をしかめながら、ゴミ箱にカップを捨てる。

それから、歩き去って行った姿を追いかける。

「え？　あれ、湊くん？」

すぐに瀬里奈《せりな》の声が聞こえてきて、湊は振り返った。

「悪い、ちょっと知り合いを見つけたから！　すぐ戻るから！」

「え、ええ。ごゆっくり……？」

瀬里奈が戸惑いつつ、首を傾げている。

葉月《はづき》がまだ出てこないのは迷っているのか、会計でもしているのか。

とりあえず、湊はそれよりもさっき目撃したものが気になって仕方ない。

人通りが多く、走ってもなかなか進めない。

「くっ……夜なのに人多すぎだろ……！」

人波をかき分けるように進み、駅から少し離れて——

「ちょっと待ってくれ！」

「…………っ！」

明るい光を放つドラッグストアの前で、湊はその人物に追いついた。

呼びかけられ、振り向いたその人物は——

「あ、あれ？　す、すみません、人違いでした……」

「…………」

振り向いたのは——とんでもない美女だった。

着ているのはブレザーに白シャツに緑のネクタイ、ミニスカート。

見慣れた室宮《むろみや》高校の制服だが、知らない女子だった。

すらりとした長身で、制服がずいぶんとサマになっている。

しかも——

「……いや、人違い……じゃないよな？」

「………うん」

その美女は、どこかで見覚えのある髪色、髪型をしていた。

黒髪のロングに銀色のメッシュが入っている。

派手な黒髪銀メッシュの美女は——こくりと頷《うなず》いた。

それから——

「待って！　お願いだから誰にも言わないで！　なんでもするから！」

「いきなりパニックになるなよ！」

長い黒髪銀メッシュの美女は、涙目になっている。

周りに人が多いので、湊《みなと》はおかしな視線を向けられている。

まるで湊が、この美女をイジめているかのような——

「こっちこそ頼むから落ち着け！　ああ、そうだな……えーと」

湊は周りをきょろきょろしながら考え込み、すぐに解答を導き出した。

この数ヶ月で驚くようなシーンに何度も出くわしたためか、混乱時にも頭が回ってくれるのはありがたい。

「俺の家に来るか、伊織？」

5
女友達は女の子の顔をしている

葉月《はづき》と瀬里奈《せりな》には、「友人と会ったので話してくる」とあらためて連絡しておいた。

実際、嘘《うそ》でもない。

夜とはいえ、まだ午後九時で、友人と外で出くわしてもなんの不思議もない。

葉月たちも特に疑わなかったらしく、「じゃあウチらは瑠伽《るか》がタクシー呼ぶってさ」と葉月からメッセージが届いた。

湊と葉月が住むマンションまでは夜道も明るいし、瀬里奈の家も同じようなものだ。

ただ、それでも女子二人がタクシーを使ってくれたので、湊も安心できる。

「ふぅーん、ここがミナの家か。いいマンションだ」

「普通だよ、普通。まあ、ウチは引っ越してきてまだ一年も経《た》ってねぇけど」

湊がこのマンションに引っ越してきたのは、今年の春だ。

豪華なタワマンなどではないが、綺麗《きれい》でセキュリティも多少備えていて――

なにより防音が確かで、隣の部屋に声が漏れないのが助かる。

葉月《はづき》は特に大きな声を上げるので、もしペラペラの壁だったら、周囲の部屋からのクレーム待ったなしだった。

男子の自室に女子の伊織《いおり》を連れて行くのはどうかと思い、リビングに通している。

「ミナ、親御さんは……？」

「ウチは父親だけなんだ。その父親も帰りはいつも遅いし……ああ、今日はまた出張だった。年末が近づくと出張が増えるらしい」

「そうか、大変だな」

「大変なのは俺じゃなくて、父親だけどな」

湊《みなと》は苦笑いする。

リビングのテーブルには、あたたかい緑茶が入った湯飲みが置かれている。

茶菓子はせんべいという渋さだ。

「うん、このお茶、美味《おい》しい。せんべいもパリパリで美味いな」

「お茶もせんべいも瀬里奈《せりな》にもらったんだよ。ついでに、お茶の淹《い》れ方《かた》も教えてもらった。まだ人には淹れたことなかったんだが、まあ伊織ならいいかなと思って」

「おい、ミナ」

伊織がじろりと鋭い目をして、湊の肩を叩《たた》いてくる。

湊と伊織は丸いローテーブルを囲んで座っていて、互いに近いので拳が届く。

「でも、瀬里奈さんの教えなら確かだろう。うん、美味い。身体もあったまる」

「急須も湯飲みもあっためておくらしいぞ。そんなやり方、普通知らないよな」

「いや、私は知ってたぞ。常識だ」

「じょ、常識だったのか……」

湊は、なんなら緑茶を飲んだことすらあまりなかった。

急須でお茶を淹れるなど、昭和のドラマの世界だけだと思っていた。

「この急須も瀬里奈がくれたんだよ。新品の急須がいくつも家にあるんだとさ。どんな家なんだろうな？」

「瀬里奈家《せりなけ》は相当なお金持ちだと聞いたな、茜《あかね》さんに」

「ああ、瀬里奈の友達か……」

まだ見ぬ茜沙由香《さゆか》は瀬里奈家そのものと付き合いがあるのかもしれない。

「というか、ミナ……」

「ん？」

「そろそろ私の格好にツッコめ！」

「…………うーん、いくら俺でも気を遣うっていうか」

伊織《いおり》の服装のほうはいつもと同じ制服なので、違和感などないが。

ただ、首から上が――

「いや、気を遣うのはやめてくれ……むしろ、はっきり言ってほしい」

「それ、ウィッグだよな？」

「当然だ。普段のショートの髪がウィッグなわけがない。いや、頑張ればロングの髪にショートのウィッグを着けられるのかもしれないが……」

そう、今の伊織は学校の彼女とはまるで印象が違う。

髪型一つでがらっと変わるものだと、湊《みなと》は感心しているくらいだ。

「というか、そのウィッグ、この前の買い出しのときに見かけたヤツだよな？」

「…………」

伊織は黙って、こくりと頷く。

「買い出しのあと、気になって……一人で店に戻って買ってきたんだ」

「それ、けっこうなお値段だったよな。衝動買いできる金額じゃなかったぞ」

「私は普段、ほとんど金を使わないから。貯金はけっこうあるんだ」

「へぇ……」

湊は、うーんと考え込んでしまう。

別になにを買っても伊織の自由ではあるが……。

「つ、使ったのは今日が初めてだ！　どうやってかぶるのかわからなくて、今日になってネットで調べたくらいで！」

「そんな言い訳しなくても」

「言い訳してるわけじゃ……ミナがいろいろ訊きたそうだから、先回りして答えてるだけだ」

「そ、そうか。それもそうだな」

そもそも、伊織のほうからツッコミを入れろと嘆願してきたのだが。

湊も焦ってしまいつつ、あらためて伊織の髪を見て――

今さらながら、重要なことに気づく。

「いや、違うよな。いろいろ訊くまでもなかったか」

「うん？　なんだ、ミナ？」

「このウィッグ、黒髪に銀メッシュで綺麗だもんな。そりゃ、伊織だって買いたくなって当たり前か」

「えっ⁉」

伊織が、ひっくり返ったような声を上げた。

いつものイケボなど影も形もない、キンキンした声だった。

「……私を馬鹿にしてるんじゃないのか？」

「驚きはしたが、馬鹿にするなんて絶対ねぇよ。俺をなんだと思ってるんだ……」

人の趣味を馬鹿にするような男なら、葉月《はづき》たちも友達にはなってくれなかっただろう。

葉月の陽キャ趣味も、瀬里奈《せりな》のブルマやPC好きも変わっていると思っているが、湊《みなと》は人の楽しみに水を差すようなマネはしない。

「そ、そうなのか……ミナは私を笑ったりしないんだな……」

伊織《いおり》は顔を伏せて、なぜか赤くなっている。

「女装とか言われて、馬鹿にされるとまで思ってた……」

「おいおい、いくらなんでも伊織を男子だとは思わないぞ。というか、そんなこと思ってるヤツ、さすがにいないだろ」

伊織は王子様でボーイッシュ――髪型や口調、仕草などは多少男性的ではあるが、姿が男子に見えるほどではない。

「私は〝王子〟だからな。それらしく見えるように、普段から振る舞ってきたんだ」

「……意図的にやってるのか」

「私は、どうも期待に応えようとする性格らしい。だから、生徒会長もなり手がないからって、つい引き受けてしまったというか」

「あ、俺も期待には応えるタイプかも。生徒会の手伝いも大変なのがわかってて、引き受けたからなあ」

「ミナの場合は、流されやすいだけじゃないか？」

「言ってくれるな、オイ」

湊は、じろっと伊織を睨《にら》む。

もちろん怒っているわけではなく、友人同士の戯言《ざれごと》だ。

「でも、伊織。周りの期待を気にしてると、ストレスたまらないか？」

「……ストレスがたまってない人間なんていないだろう」

「俺はそうでもないけどなあ」

なにしろ湊は、女友達との楽しい学校生活を送っている。

なんなら、家に帰ってからも楽しいことばかりだ。

これで「ストレスたまってます」などと言ったら、葉月や瀬里奈、穂波《ほなみ》に呆れられてしまう。

もちろん、湊としては彼女たちにも楽しんでもらっているつもりだ。

「それは羨ましい。私は正直、ストレスがいっぱいだな。だからゲームで解消——そうだ、この前は結局グラノワ遊べなくて悪かった」

「ああ、それは……グラノワのことは降って湧いたような話だったからな。それに、グラノワは逃げないだろ」

「うん……」

ずずっ、と伊織《いおり》はお茶を飲みきったようだ。

「ミナ、恥をさらしたついでにもう少し言っていいか？」

「ああ」

湊《みなと》もお茶を飲みきり、湯飲みをローテーブルに置いた。

「私、ずっと王子だったが……本当は女の子らしい格好にも憧れてて。ロングのウィッグだって、一度着けてみたくて。ミナが、このウィッグが似合うって言ってくれたから勇気を出して着けて……恥ずかしかったが、出歩いてみたんだ」

「……俺は普通に、思ったことを言っただけだよ」

実際、特になにも思わず自然に出た言葉だった。

なんなら、伊織に言われるまで口に出したことを忘れていた。

「伊織、それでどうだった？　ウィッグ着けて出歩いてみて？」

「自分が別人になったような気になれて、楽しかった！　やってみるものだな！」

伊織はハシャいだ声を上げたかと思うと――すっと表情を曇らせる。

「まさか、ミナと出くわすとは思ってなかったが……」

「凄《すご》い偶然だったな。でも、言っていいか？　だいぶイメージ変わるもんだな」

「これだけ髪の長さが違えば当然だ。私、小さい頃からずっとショートで。長く伸ばしたこと一度もないんだ。ほら、ちょっとくせっ毛だから」

「あー、確かに……」

そのくせっ毛が良いアクセントになって、伊織の美貌を際立たせているのだが。

「前に少しだけ伸ばしてみたこともあったが、クセのせいで手入れが大変ですぐ切ったんだ。この長さならドライヤーもすぐ終わるし、楽ではある」

「でも、長いのも似合ってるぞ、伊織」

「…………っ！」

伊織は驚いて、もう飲み干している湯飲みをなぜか手に取って、すぐにカラだと気づいたのかテーブルに置き直した。

褒められて動揺しているらしい。

「……お茶、おかわり持ってこようか？」

「け、けっこう。ミナ、『女子には奥手です』みたいな無害そうな顔をしといて、ずいぶんストレートに言うんだな……」

「高校に上がってから女友達ができたからかな？」

といっても、あまり葉月《はづき》たちを直接褒めたりしない。

別に彼女たちに含むところがあるわけでなく、男だろうと女だろうと友達をいちいち褒めることは少ないからだ。

「ウィッグってもっと作り物っぽいのかと思ったが、普通に髪に見えるな」

「きゃっ」

湊《みなと》はつい手を伸ばして、伊織《いおり》の髪に軽く触れてしまう。

「えっ、あ、悪い。つい気になって……」

「い、いや、ミナなら髪を触られるくらいかまわないが……ウィッグだしな」

そう言いつつも、伊織は少し照れているようだ。

「と、というか、『きゃっ』って！　漫画じゃあるまいし、私はなんて声を出してるんだろう！」

「自分でツッコまなくても」

湊も迷ったが、勝手に女子の髪に触れておいてツッコミは入れづらかった。

ただ、伊織が〝女子の声〟を出す頻度が上がってきたような気がする。

「くっそ……どうも、ミナといるとペースが狂うな……」

「俺が悪いみたいに言われてても。あっ、今さらだけど、家に帰らなくて大丈夫か？」

「ああ、この前君も見たとおり、ウチは共働きだから。今日も帰ってくるかどうか。両親は仕事大好きで、会社に居着いてるんだ」

「そんな大人が存在するのか……」

会社にいたい、という神経が理解しがたい。

湊も学校は嫌いではないが、行かなくていいなら絶対に行かない。

葉月《はづき》たちと、このマンションやスポッティなどで遊んでいたほうが楽しい。

「いやいや待ってくれ！　ミナはわざと私を辱《はずかし》めてるの!?」

「えっ？　な、なんだいきなり？」

「ツッコミが全然足りてない！　スルーが一番キッい！」

「……伊織、辱められたいかのようだぞ、それ」

湊が一応ツッコむと、伊織は不満そうに睨《にら》んできた。

確かにツッコミたいことは他にもあるが、どこまで言っていいのか難しい。

「スルーしてねぇし、けっこう言ってるし。俺にどうしてほしいんだ？」

「その……頼んでいいかな？」

「ああ、もちろん」

正直、湊としてもどうしていいかわからない。

伊織のほうから具体的にお願いしてくれたら、むしろ助かる。

いつも友達に頼み事をしている身としては、たまには頼まれるのも悪くない。

「それなら……私を笑ってくれ！」

「自虐的だな！」

いつも自信にあふれた王子様からは、もっとも縁遠そうな願い事だった。

「笑わないって言っただろ。そのお願いだけは聞けない。そもそも、笑えるならとっくに笑ってるよ。俺は割とノンデリだからな」

「ノ、ノンデリなのか。私も割とそういうところあるが……」

「あるな、確かに」

伊織《いおり》は仮にも女子なのに、湊《みなと》の前でもミニスカートで机に座ったり、あぐらをかいたりと、王子様というより単なる男っぽい仕草も多い。

男に対してデリカシーが欠けていると言ってもいい。

「笑えないほどシャレになってないってことじゃなくて？」

「……どこまでも自虐的だな。伊織、そんなキャラだったのか？」

生徒会室での、凛《りん》とした表情を浮かべた王子様はいったいどこに行ったのか。

いろいろ経験を積んできた湊でも、戸惑わずにはいられない。

「正直、笑ってくれたほうがありがたいが……」

「無茶《むちゃ》を言うなよ。だいたい、そんなになにもかもぶっちゃけなくても――」

湊は、覚悟を決める。

伊織ばかり恥ずかしがらせていては、申し訳がない。

いや、伊織がなにもかも白状している以上、湊のほうも隠し事はやめるべきだった。

「あのな、伊織。それなら俺もぶっちゃけよう」

「えっ、なにか私に隠していることが？　恥ずかしい話？」

伊織が、キラッと目を輝かせた。

彼女はこの恥ずかしい事態に湊を巻き込めることが嬉しいらしい。

「隠してるっていうか……当たり前のことを白状するだけだが」

「なんだなんだ？」

「この前のこと、忘れられてない」

「………っ！」

伊織は予想以上に驚きを見せ、座ったまま、ずざっと後ろに下がった。

なんの話かすぐに気づいたようだが——湊の想像以上のリアクションだった。


伊織は尻餅をついたような格好になって——そのまま、数秒黙り込んで。

「こ、この前のことって……この前のことだよな？」

「ああ」

あまり説明できていない訊《き》き方《かた》だが、湊には伊織がなにを言っているのかわかる。

伊織が湊の上に座り込み、パンツを見せてしまったことだ。

「もちろん、忘れたって言っとけばいいだけの話なんだが。今は白状モードだからな」

「白状モードって……はっきり覚えてるってこと？」

「当たり前だろ」

湊《みなと》は、きっぱりと言い切る。

「女子の……それも、生徒会長のパンツを見せられて忘れろとか、無理な注文すぎる。たぶん、頭に電気ショックをくらっても忘れないぞ」

「電気ショックで記憶を失わせるとは、また古いやり口だな……漫画みたいだ」

「いや、そこへのツッコミはいいだろ」

湊も、上手《うま》くもない軽口を叩《たた》いてしまった自覚はある。

「だいたい、伊織《いおり》。一応これもツッコミ入れとくが、時々ものっすごい女子らしい口調になってる。あれ、けっこうドキッとするんだからな？」

「うっ……い、言っただろ。意図的に男子っぽく振る舞ってるんだ。私だって元からこんな口調だったわけじゃない」

「だろうな……」

今時は、男女でもさほど口調に差がない。

瀬里奈《せりな》は特殊な例として、葉月《はづき》などは時々湊より荒っぽい口調になるくらいだ。

だが、伊織は元々女子らしい言葉遣いをしていたのだろう。

「ただでさえ、伊織の女の子の声に戸惑ってたんだ。パンツ見せられて、おまけに今日のそんな姿を見せられたら、もう絶対無理だ。伊織が、女子にしか見えない」

「私は女子だ！　男装した覚えなんてまったくないからな⁉」

「わ、わかってるって。悪い、言い方を間違った」

今時は性別の扱いが難しい時代だが、女子に「女子に見えない」などと言うのは、たいてい失礼に当たるだろう。

伊織自身が言っているとおり、彼女は王子と呼ばれていても男のように振る舞っているわけでもない。

「ただ、伊織が女子に見えるからこそ――」

「ん？」

「あのときの白いパンツがどうしても忘れられない！」

「力強く言い切ったな！」

伊織は呆れているようで、座ったままさらに後ずさっている。

尻餅をついたような格好――膝を立てた体勢なので、スカートの中がちらちら見えている。

ギリギリのところで、太ももに遮《さえぎ》られて下着は見えていないが。

「だから、伊織――」

「え？」

「頼む、もう一度パンツを見せてくれ！」

「ええっ⁉」

伊織《いおり》は床に膝を叩きつけるようにして、急いで女の子座りになった。

ちらちらと見えていたスカートの中が、まったく見えなくなってしまう。

「言っただろ、俺もぶっちゃけるって」

「そ、そんなお願いをぶっちゃけろとは……い、言ってな……！」

「伊織だけに恥ずかしい思いをさせるわけにはいかないだろ。俺も、そんなとんでもないことを考えてたんだ。伊織のパンツをもう一度見たいって」

「な、何度もパンツとか言うな！」

伊織は後ろに下がりすぎて、リビングの掃き出し窓に背中がぶつかっている。

「い、一度見られただけであんなに恥ずかしかったのに……」

「わかってる、無理なことを頼んでるっていうのは」

葉月《はづき》や瀬里奈《せりな》、穂波《ほなみ》がパンツを見せてくれていることが異常なのだ。

湊《みなと》もそれくらいは理解している。

「わ、私がこんなウィッグがほしくなったのは……ただ、元から女の子らしい格好に憧れてたってだけじゃない」

「ん」

「ミナに下着を見られて、そんなことを恥ずかしがってしまって……そういえば私も女子だったなって思い出したんだ」

「………」

伊織は顔を真っ赤にして、うつむいてしまっている。

またもや失礼なことに、湊は王子様の伊織がメス顔になった——などと思ってしまう。

「ミナにまた下着を見られたら、私はもう……王子には戻れないかも」

「……ダメってことか？」

「く、食い下がってくるなあ！」

伊織はそう叫ぶと、口元に手を当てて考え込み始めた。

「も、もうミナには一番恥ずかしいところを見られたか……こんなにもかもさらけ出すことになるとは思わなかった」

「そこまでの話じゃないと思うが……」

湊が見たのは伊織の下着と、ウィッグを着けた姿だけだ。

もちろん、伊織にとってはこの上なく恥ずかしい格好だということは理解している。

「ミナは……私を女の子として見てるのか？」

「当たり前だろ。男子とまでは思うわけねぇって」

伊織を王子様扱いして慕っている取り巻きの女子たちも、まさか本気で男子だと思っているわけではないだろう。

女子たちは、イケメンのような美形の伊織《いおり》を男子に見立てて、楽しんでいるだけだ。

伊織はそのあたりの男性アイドルよりよっぽど、〝美男子〟でもあるから。

「俺にとっては伊織は女の子——女友達だよ」

「お、女友達……！　なんだろう、いい響きだ……！」

伊織は感心したように、湊《みなと》をじっと見つめてくる。

「男子たちですら、私を同性の友達のように扱ってきたからな……ミナは変わってる」

「俺は平凡な男子だよ」

可愛《かわい》い女友達が何人もいることを除けば、と湊は心の中で付け加える。

「そ、そうか……それなら……」

伊織はベランダの掃き出し窓の前で、ゆっくりと立ち上がった。

それから、黒髪銀メッシュのウィッグを外して、床に落としてしまう。

いつもの、ショートカットで凛々《りり》しい伊織翼《つばさ》が戻ってくる。

「これがなくても、ミナは私を女子として見てくれるよな？」

「ああ、もちろん」

「だったら……私をちゃんと女子として見てくれるお礼と……その、恥ずかしいことをお互いに言い合ったことだし……」

「…………」

「でも、あんまりじっと見ないでね？　お願いだよ？」

伊織は、女子らしい恥じらいたっぷりの口調で言うと──

すすっ、と短いスカートをめくり上げていく。

ほっそりした太ももがあらわになり、そして──

「おお、今日も白か……」

「い、色を説明しなくていい！」

伊織はスカートを太ももの付け根まで持ち上げ、遂《つい》に白いパンツがあらわになった。

あまり色気のない、白いだけのパンツだが──それが伊織にはやけに似合っている。

「シ、シンプルで退屈な下着だよな？　でも、あまり可愛いのをはくのは抵抗があって。私みたいなのが可愛いのはいていいのかって」

「変に自虐的だよなあ……可愛いパンツも絶対、似合う。このパンツも似合ってるけど」

「だ、だから、そんな凝視しないでくれ、ミナ！」

「無理だろ、伊織みたいな可愛い女子のパンツを見せられたら」

「か、可愛──そこまでストレートに言えるの、凄《すご》いな！」

湊は女友達に何度もパンツを見せてもらい、感謝するすべを知っている。

彼女たちが恥ずかしい思いをしてパンツを披露してくれているのだから、お願いを聞いてくれたときは、褒め言葉を惜しむべきじゃない。

「でも、伊織《いおり》は今日も短パンとかはいてないんだな」

「そ、それこそ……女子みたいというか、私などが下着を隠すなんて自意識過剰では」

「なんでそんな自虐的……というか、卑屈なんだ」

クール系王子様で生徒会長を務め、校内での人気も高い伊織翼《つばさ》には、誰も知らない一面があったらしい。

「も、もう少し見せてくれ」

「ええ……本気か……！」

伊織が持ち上げていたスカートの裾が下がってきたので、湊《みなと》はすかさず言った。

この白パンツ、もっと堪能せずにはいられない。

「ミナ……もう、好きなだけ見ていいよ……恥ずかしいけど、我慢するね……」

「そうさせてもらう」

「遠慮ないな！」

湊にとって伊織は趣味も合う、付き合いやすい相手だった。

一気に距離が縮まり、家にも招待してもらえたほどで――

今日はこうして、スカートをめくってパンツまで見せてもらえている。

新しい女友達との、新しい遊びが始まる――

湊は思わず期待してしまう自分を止められそうになかった。

6 女友達は仲良くなりたい

Onna Tomodachi ha Tanomeba Igai to Yarasete kureru

「もうすぐクリスマスよ、湊！」

「え？　あー、そうだっけ……」

湊は勢い込んでいる葉月《はづき》から視線を外し、教室の窓の外を見た。

空はどんよりと曇り、窓を閉め切っているのに冷たい風が吹いているのがわかる。

「ちょっと、ノリ悪すぎ！　この時期に盛り上がらなくて、いつ盛り上がんのよ！」

「葉月は年中盛り上がってんだろ」

むしろ湊は、葉月がテンションが低い時期を知らない。

夏はプールに海にお祭り、秋は文化祭、それに冬はクリスマスでテンションを上げている。

葉月と仲良くなったのは夏なので春の彼女を知らないが、花見やGWで盛り上がったのだろう。

陽キャは、一年を通して盛り上がるネタには事欠かない。

だが、確かに年内最後にして最大のイベント、クリスマスが近づいてきている。

室宮《むろみや》高校は期末テストのあとも授業が行われるが、それも午前中のみになった。

今は昼過ぎで、既に授業は終わり、湊《みなと》は葉月《はづき》と居残って教室で弁当を食べていた。

瀬里奈《せりな》お手製の和食弁当だった。

優しい塩味の焼き魚をメインにしつつ、濃い味付けの肉団子やポテトサラダ、甘い玉子焼きなども入っていてボリュームもあり、高校生の旺盛な食欲を満たしてくれる。

その瀬里奈は今は、別の友人と用があるとかで先に帰ってしまっている。

「ごちそうさま。あー、美味かった。マジで毎日つくってくれねぇかな、瀬里奈」

「それはさすがに図々《ずうずう》しいでしょ。あっ、あたしがつくろうか？」

「全部冷食だろ……」

「ご、ご飯くらいは炊けるから！　湊が教えてくれたら！」

「俺頼りかよ。せめて瀬里奈を頼れよ」

葉月はやっと勉強では瀬里奈を頼るようになったのに、他のことでは頼る相手を間違えたままだ。

「これだけ科学が進歩してるのに、お米買ってきて炊飯器にざーっと入れたら自動で炊き上がるとかできないの⁉」

「ほぼそれに近いことできるぞ。水くらい入れられるだろ」

もしかすると葉月は無洗米の存在を知らないのだろうか、と湊は戦慄する。

「瑠伽《るか》に頭下げて頼んだほうが早そう。まあ、友達同士、持ちつ持たれつだよね」

「葉月、瀬里奈になにかしてやってるっけ？」

「服とか下着とか選んであげてるでしょ。瑠伽が自分で選んだらロンスカと白の下着ばっかになるんだから」

「ああ、それは確かによくやった」

湊もたまに瀬里奈の私服姿を見ることはあるが、最近の彼女は膝丈スカートをはくようになっている。

「でも、瀬里奈は下着はだいたい白ばっかだろ？　ブラもパンツも」

教室には、もう他の生徒はほとんど残っていない。

湊たちの話が人に聞かれる心配はない。

「黒とか赤はまだ嫌がるんだよね、あの子。なんとかピンクとか水色は買わせたよ」

「いいじゃん、今度それはいてきてくれないかな」

毎日、瀬里奈のパンツを見せてもらっていて、白でも文句はないが、変化をつけて別の色のパンツを見せてもらえたら、もっと文句はない。

「可愛い色の下着は似合わない、とか言ってんのよ、瑠伽は」

「事実誤認もはなはだしいな」

「じじつご……？　はなはだ……？」

葉月《はづき》が、聞き慣れない単語に首を傾げている。

定期テスト前だけでなく、基本的な常識を教えていったほうがよさそうだ。

陽キャグループの女王は、多少の教養がないと地位が危うくなるのでは？

「なんか失礼なこと考えてんでしょ。わかるんだからね、もはや」

「……わかり合える友達っていいなあ」

湊《みなと》の不安のことまで、わかってもらえると嬉しいのだが。

とはいえ、湊は葉月の保護者ではないのでうるさく言うつもりもない。

「って、そうじゃなくてクリスマスよ、クリスマス！」

「パーティでもやるのか？」

「やらない理由がない！」

葉月は拳を握り締めて、立ち上がる。

ちなみに葉月もとっくに弁当を食べ終え、紙パックのお茶を飲んでいた。

「でもパーティってどこで？　カラオケボックスとか、どっか貸し切ったりとか？」

湊は陽キャの作法については詳しくないので、この程度の発想が限界だった。

「うーん、迷うトコよね。ウチのグループのパーティはたぶんカラオケになると思うんだけど、湊たちとはどこでやるか悩むよね」

「んん？　なんか、パーティのハシゴをやるのが確定してんのか？」

「クラスのグループのパーティ。湊と瑠伽《るか》とのパーティ。湊も両方参加すんのよ」

「えぇーっ！」

「今はあたしだけじゃなくて、麦《むぎ》とも仲良いんだから、大丈夫でしょ」

「大丈夫……かな？」

湊が夏に葉月の陽キャグループと遊んだときは、居心地が悪くて仕方なかった。

穂波《ほなみ》麦をはじめとして、葉月の友人たちは悪いヤツではない——むしろ気の良い連中なのだが、なにしろ明るすぎる。

しかもそれが群れを成しているので、湊のような地味な陰キャには馴染《なじ》めなくて当然だ。

「あ、瀬里奈《せりな》もハシゴさせるのか？」

「瑠伽は自由意思でオッケー」

「どうも葉月は友達の扱いに差があるな……」

「だって、瑠伽はお嬢じゃん。付き合い方は気をつけないとね。いくらお互いに遠慮がなくなったっつっても、なんでもアリってわけにはいかないでしょ」

「……勉強はアレなのに、人付き合いだと葉月から教わることがあるな」

「アレってなによ、アレって！」

葉月は子供のように頬《ほお》をふくらませて、ぷんぷんと怒っている。

「とにかく、瑠伽《るか》はあたしのグループのパーティには参加したがらないでしょ。無理に付き合わせる気はないよ」

「俺には無理にでも付き合わせようとしてるのに……」

「でも、あたしらのパーティには絶対に参加してもらう！　瑠伽、ケーキとか焼けるのかな⁉」

「ど、どうだろう。できるだろうが、専門店に任せたほうがよくないか？」

「うーん、今から予約できるかな。美味《おい》しいお店はもう厳しいかもね」

「けっこう出たトコ勝負じゃねぇか」

「まあ、湊《みなと》は夜にあたしと瑠伽を美味しく食べられたらいいんだろうけどさあ」

「ベッドの上でもパーティだな」

「おっさんみたいなこと言わないでくれる？」

葉月《はづき》が嫌そうな顔をする。

エッチな遊びをジョークのネタにするのは難しいようだ。

「そりゃクリスマスは特別だし、ちゃんとヤらせてあげるけどさ……」

葉月は顔を赤くして、もじもじしながら言う。

パーティで徹夜《オール》というわけではないようだ。

湊は、サンタのコスプレをした葉月と瀬里奈《せりな》の姿を思い浮かべる。

サンタ衣装は胸を強調していて、葉月がGカップ、瀬里奈がDカップのおっぱいを見せつけながらベッドの上で迫ってくる――

そんな素晴らしい光景が目に浮かび、今から楽しみで仕方ない。

「おい、なに想像してんの」

「葉月と瀬里奈のおっぱいをまとめて楽しんで、まずは胸だけで三回はイケそうだなと思って」

「三回って〝まずは〟って回数じゃないっつーの。まあ、好きにさせてあげるけど、最初はあんまり衣装汚さないでよね。どうせ最後はメチャクチャになるんだろうけど」

「ああ、そうだなあ……最初の何回かのフィニッシュは葉月のおっぱいと、瀬里奈の口にしとくよ」

「あ、あたしだけおっぱいに？　あたしも飲んであげるのに……つーか、人の自慢の巨乳をなんだと思って……って、そんな話じゃなくて！」

葉月は、話が逸れていることに気づいたようだ。

「夜のお楽しみはあと！　パーティはパーティで楽しむのよ！　年に一度のクリスマスなんだから、全力で遊ばないとね！」

「わかってるって。俺もパーティやめろとは言わねぇよ」

クリスマスに、葉月や瀬里奈にヤラせてもらうのは楽しみだ。

ただ、葉月《はづき》は本気でパーティを楽しみにしているようなので、その邪魔をするほど野暮《やぼ》ではない。

文化祭のメイド喫茶では結局たっぷりヤらせてもらったが、あのときのようにはいかないだろう。

クリスマスの葉月は、気合いが違うようだ。

「まあ、文化祭は学校主催のイベントで、クリパは葉月が主催になるから余計に燃えてるわけか」

「そうそう、わかってんじゃん。あたしが、あたしのために、みんなのために楽しませるイベントになんのよ！」

「楽しそうだなあ……」

葉月は期末テストと追試でたまったストレスを、そこで発散するつもりだろう。

フェアランでの遊びなど、クリスマスの前哨戦《ぜんしょうせん》に過ぎなかったようだ。

「まあ、俺もしばらくは勉強しろなんて言わねぇけどさ」

「言われても絶対しないから大丈夫！」

「…………」

もっとも、湊《みなと》もさすがにこの時期に勉強する気はない。

短縮授業でたいして授業も進まないので、予習復習すらしていない。

「あ、俺も勉強はしねぇけど生徒会の手伝いは続けるから、準備とか関われないぞ」

「そっか。じゃあ、ウチらのパーティはあたしの家でやろっか」

「あ、葉月の家って手があった……って、それが一番だな」

「でしょ」

葉月はニコッと笑う。

なにしろ、今の葉月家は親が不在で、夜遅くまで騒いでもなんの問題もない。

「でも、メンツは……どうするんだ？　俺と葉月と瀬里奈《せりな》だけか？」

「麦《むぎ》も湊と仲良くなってるし、誘おっか。それと、エナも呼んでいいよね？」

「ああ、もちろん。俺も小春《こはる》さんとは前に会ってるしな」

葉月の中学時代の親友、小春恵那《えな》は今は進学校で真面目にやっているが、元は陽キャ。

つまり、そのメンツだと湊と瀬里奈だけが非陽キャということになる。

「あ、それとさあ、湊」

「ん？」

「伊織《いおり》生徒会長も誘っておいてよね♡」

「…………」

「へぇ、クリスマスパーティか。それは楽しそうだ」

「あれ、参加してくれるのか」

湊《みなと》は葉月《はづき》と別れ、生徒会室に来ていた。

まだ仕事は続いていて、今日もノートPCのキーを叩《たた》いている。

いや、正確にはついさっきまで叩いていて――今は別のことをしている最中だ。

「なんだ、意外そうな顔をするんだな、ミナ」

「いや、伊織《いおり》は真面目そうだから……陽キャのパーティは嫌がるかもと思って」

「真面目なのとパーティは関係ないだろう。私、別に人付き合いは下手じゃない」

「確かに」

伊織はいつもクールな顔をしているが、侍《はべ》らせている女子生徒とは上手《うま》く付き合っているようだ。

ただクールなだけでなくコミュ力があるからこそ、人が寄ってくるのだろう。

「別にクリスマスの予定はないしな……自分で言ってて悲しいが」

「伊織なら、クリスマスのお誘いは山ほどあるんじゃないか？」

「あるが……今年は断ってる」

「ふぅーん……」

湊は、生徒会長のデスク前にいる。

そして、そのデスクの主である生徒会長は――

「ミ、ミナがどうするかわからなかったから」

「えっ、俺のことを気にしてくれてたのか」

「こ、こんなことしてる相手のことを気にしなかったら、むしろどうかしてる！」

「それもそうか……」

伊織翼《つばさ》はまた、行儀の悪いことにデスクに座り、スカートを持ち上げている。

短いスカートの下、清楚《せいそ》な白いパンツが丸見えだ。

「というか、毎日パンツ見せてくれって頼んでくるけど……毎日見て楽しいのか？」

「楽しいに決まってるだろ！」

「力説するな！」

伊織はスカートを持ち上げたまま、睨《にら》んでくる。

「それに、伊織も別に嫌な顔しないだろ？」

「なんだ、ミナは蔑《さげす》まれながら見せてもらうほうがいいのか？」

「あー……それもいいかも。いつもの伊織のクールな顔でパンツ見せてもらうとか」

「ちゅ、注文が多いな。じゃあ……ミナ、ちょっとそこに座ってみてくれ」

「え？　こうか？」

湊は生徒会長のデスク前に、両膝をついて座る。

きた。

それからスカートの裾を両手でつまんで、大きく持ち上げ——再び白のパンツが見えてきた。

すうっと目を細め、湊の背筋が冷たくなるほどのクールな表情になる。

伊織《いおり》はデスクから下りて、跪《ひざまず》いた湊《みなと》の前に立つ。

「たとえば……こんな感じか？」

「おお……冷たく見下ろされながら見上げるパンツはまた別物だな……」

「なんて頭の悪い台詞《せりふ》なんだ……」

伊織は演技ではなく本気で呆れているようで、湊にひときわ冷たい目を向けてくる。

その冷たい顔と、清楚な白いパンツの組み合わせがたまらない。

「ま、待て、ミナ。今日は熱心に見すぎじゃないか？」

「こんなシチュで見せておいて文句言われても。パンツを見せてもらうだけでも、いろいろ楽しみ方があるもんだな……」

「す、凄《すご》い見てるな……おかげで最近は、パンツにも手を抜けない」

「どうやったら、手を抜いたことになるんだ？」

「あんっ、こら、顔を近づけすぎ……！」

湊が、スカートの中に顔を突っ込むようにパンツに近づくと、伊織は真っ赤な顔をして制してくる。

「だって、近づかないとよく見えないだろ」

「そ、それはそうだけど……やんっ、息がかかってるよ」

伊織はスカートを持ち上げたまま、身体をくねらせている。

いつもイケボの〝王子〟が、甘ったるい声を上げて反応している姿は新鮮で可愛《かわい》い。

伊織のこんな姿、こんな声を聞いたことがあるのは、間違いなく湊だけだろう。

「ま、前はたまに……スポブラとセットのスポーツ用のパンツをはいてたから。ああいうのは楽だが、人に見せるものじゃないんだ……」

「そういうもんなのか。じゃあ、今度はそのスポーツ用のをはいてきてくれ」

「見せろって頼むだけじゃなくて、種類にまで注文をつけるのか！」

「ダメか？」

「わ、わかった……でも、可愛いものじゃないからね？　変に思わないでね？」

「全然オッケーだって」

伊織に可愛く念を押されて、湊は頷《うなず》いた。

ボーイッシュな伊織は、色気のない下着でもきっと似合うだろう。

「そ、それより……もういいだろ！　仕事に戻るぞ！」

「ああ、はいはい。でも最後にもう少しだけ――」

湊は白パンツの前に顔を寄せ、じぃっと見させてもらう。

「はぅ……今日のミナの日、凄すぎたよ……んんっ♡」

「…………っ」

伊織《いおり》はスカートの裾を摑んでいた片手を離して、パンツのあたりに置いた。

身体をびくんと震わせ、膝をがくがくと震わせている。

なぜか湊《みなと》は、伊織の下半身から〝きゅんっ〟と妙な擬音が聞こえた気がしてしまう。

「こ、今度こそ終わりだ！」

「あ、ああ」

伊織はスカートを元に戻し、慌てたようにデスクの椅子に座ろうとする。

勢いよく動いたせいで、ふわっとスカートが舞い、パンチラしてしまう。

「おお……」

「な、なんだ？」

伊織はパンチラに気づかなかったらしく、そのまま椅子に腰を下ろした。

「なんでもない。そうだな、仕事に戻らないと」

無意識に見せるパンツもまたエロいが——湊は気を遣って黙っていることにした。

「それで、ミナ？」

湊も長机に戻って、椅子に座る。

「ん？」

「パーティっていうのは……どういうものだ？　私、女子のクリパなんて参加したことないんだ」

「あー……俺も今回がお初だからな。でも、主催は葉月《はづき》でごく身内のパーティだから、別に構える必要はない。なんでも〝プレゼントも禁止〟らしい」

「えっ、プレゼントがいらないのか？　クリパなのに？」

伊織はかなり驚いているらしい。

湊も、葉月からそれを聞いたときは驚いたが――

ランダムにプレゼント交換すると、ほしくもないものをもらってしまう可能性も高い。

参加者全員にプレゼントを用意するのも、金がかかりすぎる。

そこで、葉月は一計を案じたらしい。

「ただし、参加者には〝義務〟があるんだとさ」

「義務？」

伊織が、可愛らしい仕草で首を傾げる。

「ああ、〝必ず仮装するように〟とのお達しだ」

「仮装っ⁉」

伊織がデスクに両手をついて立ち上がる。

「ウ、ウィッグ？　またあのウィッグの出番なのかな……？」

「嫌なら、無理してあのウィッグ着けなくてもいいと思うぞ」

「う、うーん……あ、そうか」

伊織《いおり》は、ぽんと手を打ち合わせて椅子に座り直す。

「考えるまでもなかったか。私に期待されてることなんて、わかりきってる」

「え？」

「ミナ、このあと私に付き合ってくれ」


年末も近づいた街は、ひどく混雑している。

午後四時過ぎ、湊《みなと》は伊織とともに学校から一番近い繁華街へとやってきた。

長身で〝王子様〟の伊織は、街中でもひどく目立っている。

男女を問わずに、道行く人が振り返るほどだ。

「うわ、混んでるな。ミナ、はぐれないように」

「頑張るよ。さすがに手を繋《つな》ぐわけにはいかないからなあ」

「て、手……そ、それはダメだ」

伊織は顔を赤くして、手を後ろに回した。

パンツを見せてもらっているのに、手は繋げないというのも変な話だが――

湊も、手を繋ぐのとパンツを見せるのは、恥ずかしさの種類が違うというのも理解している。

「それで、伊織。どこ行くんだ？」

「ああ、服屋さんだ」

「服屋？」

伊織は、さらに少し歩いてファッションビルへと入っていった。

湊一人では入るのをためらうような、オシャレ上級者御用達《ごようたし》の店舗が並んでいる。

「伊織、こういうトコ慣れてるのか……？」

「え？　ああ、普通の男子はあまり来ないのかな？」

「俺の周りは、もっと安さと無難さ重視かな……」

かくいう湊も、その二つの優先度が高い。

「葉月《はづき》さんとか、オシャレじゃないか。彼女、君にファッションのことで注意とかしないのか？」

「あー……言われてみりゃ、文句言いそうなのにな。言われたことねぇかも」

葉月は陽キャの女王で、本人は制服もオシャレに着崩しているし、私服にもこだわりがあるようだ。

「葉月さんは、君に変わってほしくないのかもな」

「え？　いやあ、葉月《はづき》はそこまで深く考えて生きてないと思うぞ」

「ひどいな！」

「俺と葉月の共通点がそこだからな。俺も特になにも考えてない」

「そのとおりだな」

じぃっ、と伊織《いおり》が湊《みなと》を半目で睨んでくる。

「本能で生きてるよな、ミナは」

「……はい」

毎日パンツを披露させられている伊織に言われたら、反論などできるはずがない。

いや、葉月や瀬里奈《せりな》、穂波《ほなみ》に言われても同じことだが。

「まあ、ミナは悪いことしてるわけじゃないから。私だって変われなんて言わない」

「そうだよな、悪いことはしてないよな、俺」

湊は女友達に頼んでヤらせてもらっているが、無理矢理《むりやり》にということは一度もない。

たまに瀬里奈などは「もう少し強引でもいいのに……」みたいな顔をしているが、気のせいだろう。

それから、エスカレーターで数フロア上がり、通路を少し歩いて――

「ああ、この店だ。前に、クラスの女子にススメられたんだが、来たのは初めてだ」

「なんか派手な服ばっか売ってるなあ……つーか、ここって……？」

湊は、首を傾《かし》げた。

陰キャではとても着られない、オシャレ上級者向けの派手な服が並んでいる。

ただ、伊織がこの店に来たことに、なぜか強い違和感が――

「ミナも見立てるのを手伝ってくれ。たぶん、ミナじゃないと……というか男子に見てもらわないと決められない」

「はぁ……」

頷きかけて、湊は気づいた。

違和感があるのは当然だ、ここは――

「メンズの店だろ！」

7 女友達は頼めば何度もヤらせてくれる

Onna Tomodachi ha Tanomeba Igai to Yarasete kureru

「ふー、たまに買い物すると疲れるな」

湊《みなと》と伊織《いおり》は買い物を済ませて――

今日は、伊織の家へとやってきた。

伊織は「他の部屋はちらかってるから」と、例のPCルームに湊を連れてきた。

この部屋は常にエアコンが利いていて、丁寧に掃除され、最優先で快適な環境を維持されているらしい。

すべてはPCを安定して運用するためのようだ。

「それより、わざわざ悪かったな、ミナ。送ってもらわなくても平気だったんだが」

「そうはいかねぇだろ」

もう十二月、外が暗くなるのも早い。

買い物はすぐに済んだものの、既に午後六時を過ぎていたので、伊織を家まで送らなければならなかった。

「まあ、伊織は強そうだが……」

「運動は自信あるけど、腕っ節が強いわけじゃない。実は、ちょっとありがたかった」

伊織は苦笑して、ついさっきの前言を翻《ひるがえ》した。

王子といっても女子、夜道は不安に決まっている。

「瀬里奈《せりな》は腕っ節強いけどな。俺より腕相撲も強いくらいだよ」

「へぇ、あんなに細いのに……ミナが弱いのでは？」

「悪かったな、強くはねぇよ」

「でも、男子だからなあ。腕なんか、私より太い」

「………っ」

伊織が無造作に、湊の左腕を摑んでくる。

当然ながら、身体がくっつきそうなほど近づいている。

毎日パンツを見せてもらっていても、こうやって彼女のほうから近づかれるとドキッとしてしまう。

しかも、甘くて良い香りが――

「小さい頃は腕力でも男子に勝てたのに。時の流れは残酷だ」

伊織は苦笑いして、湊の腕を離した。

こうやって、無造作に近づいてくるところは葉月《はづき》や瀬里奈とは違う。

湊《みなと》にはもう伊織《いおり》は王子ではなく可愛《かわい》い女子にしか見えないが、本人はまだ男子のように振る舞うクセが抜けない。

いや、特に抜くつもりもないようだが。

「あ、そうだ。時間もないし、さっさと買ってきたものを確認しないと」

「ああ、そうだったな。俺は特に急いではいないけど」

湊はただ、伊織を家まで送っただけではない。

買い物した〝仮装用〟の服を確認することになっている。

もちろん、店でも試着してきたが、家で着てみると違って見えるから——という伊織の意見には湊も同意だった。

「しかし、伊織。本当にメンズのスーツでよかったのか？」

「ああ、私に求められている仮装はこれしかないだろう」

伊織は、大きな袋に入れてもらったスーツを取り出す。

「伊織がいいなら文句はないけど……すげー色だな、これ。ワインレッドだっけ？」

「パープル系とだいぶ迷ったが。これだけ派手なほうがいっそ清々《すがすが》しい」

伊織は、スーツをキャリーバッグから取り出してしげしげと眺めている。

湊もその後ろからスーツを見て——

「う、うーん……なあ、伊織。あの店、他のスーツも白とかシルバーとか、ギラギラした色とか多かったから麻痺《まひ》してたのかもしれねぇな。これ、派手すぎねぇ……？」

「うん、私も思ってたんと違う……って驚いてる、今」

伊織は手に持ったスーツを灯《あか》りに向けたり、逆に陰になるようにしたりして眺めているが、どこからどう見ても派手すぎるほど派手だ。

「とりあえずサイズは合ってるから、着てみよう」

「んん!?」

伊織はいきなりネクタイを外し、スカートを床に落とした。

ブラウスの裾から、白いパンツがちらっと見えている。

「おいおい、なんで俺がいる前で着替え始めてるんだよ!?」

「あ」

伊織は、はっとなって顔を赤くする。

「わ、私、なにをしてるの？　ミナが毎日パンツ見せろパンツ見せろって呪詛《じゅそ》みたいに言うから、君の前なら下着くらい良いと思うようになっちゃってるよ……！」

「わ、悪い……って、それ、俺だけの責任か……？」

湊は自分に問題があることは認めつつも、さすがに自分だけのせいとは思いにくい。

若干、伊織の天然のせいではないだろうか……？

「も、もういい。どうせミナには毎日下着を見られてるんだからな！」

「伊織《いおり》、変なところで男らしいな……」

「男らしいって言うな！　私は別に男装してるわけじゃないと何度言ったら！」

「わ、悪かったって……」

悪いことをしているわけじゃない、と確信したのはついさっきのことだったのに。

湊《みなと》は、どうも伊織を翻弄《ほんろう》しているような気がしてきた。

「私は男の子じゃない。上下の下着姿を見ればわかるだろうから――そこで見てろ！」

「えっ？　み、見てろ？」

「いつもミナにパンツを見せてるんだから、今回は私から見ろと頼んでもいいよな？」

「そ、そりゃあ……でも、伊織のほうから頼まれても、現象としては同じなのでは？」

湊が頼んで見せてもらうか、伊織が頼んで見てもらうか。

現象的には、湊が伊織のパンツを見るということに変わりはない。

伊織のほうから「見てくれ」と頼むほうが、むしろ変態性が増している。

「い、いいんだ。あまりジロジロ見ないでくれたら……別に後ろを向かなくていい」

「マ、マジか」

伊織はＰＣデスクの前で白ブラウスを脱いで――

「あ、あれ？」

「な、なんだ、ミナ？」

「いや、そのブラ……スポーツブラか？　さっき、普段は着けてないみたいなこと言ってたのに、実は既に着けてたのか？」

「ち、違う」

さらに顔を赤くして首を横に振った伊織の胸元は、グレーの短いタンクトップのようなものに覆われている。

「こ、これは……き、気にしなくていい。というか、あまりじろじろ見ないように！」

「わ、わかったよ」

瀬里奈《せりな》は地味な下着が多いが、伊織のブラジャーは地味というのとはまた違う。

伊織は全体にすらっとしていて、胸もほとんどふくらんでいない。

胸が小さいことも、王子様扱いされる一因だろう。

ただ、その小さな胸を包んでいる布になにか違和感が――

「って、まだじろじろ見てる！　ミナ、もう後ろを向け！」

「悪かった、悪かったって……俺、謝ってばっかだな」

「前言を撤回するよ、ミナは悪いこともするじゃないか」

伊織は湊をじろっと睨《にら》んで、しっしっと追い払うように手を振った。

湊は仕方なく後ろを向き――後ろから聞こえる衣擦《きぬず》れの音につい耳を澄ませたりしつつ、ただ待つしかなかった。

「……ミナ、もういい」

「あ、ああ」

おそらく五分も経《た》っていないだろう。

湊《みなと》は、ゆっくり後ろを振り向くと――

「ど、どう？　サイズは合ってると思う」

「………」

そこには、ワインレッドのスーツ姿の伊織《いおり》翼《つばさ》が立っていた。

中には白のワイシャツを着て、濃い目のグレーのネクタイも締めている。

女子にしては身長も高く、すらりとした姿には細いシルエットのスーツがぴったりだ。

ワインレッドはさすがに派手だが、顔がよすぎるためか容貌と服がマッチしている。

ぱっと見は、まるでホストのようだが――

「ちょ、ちょっと、ミナ？　おい、なにか言ってくれない？」

「……うーん」

「唸《うな》られると怖いんだが。え、ダメ？　おかしいな、ちゃんと着れてると思ったのに」

伊織は、壁のほうを向いた。

そこには小さな鏡がかかっていて、伊織はそれを見ながら服装を整えたようだ。

「いや、着れてはいると思う。肩幅が足りないが、伊織くらい細い男子だって普通にいるしな。似合ってる……似合ってるはずなんだが」

「だが……？」

伊織は不安そうに湊を見つめてくる。

「なんだろう、今の伊織は完全に女子に見える」

「えっ!?」

伊織は、リアルに跳び上がるほど驚くと、唐突にドアを開けてPCルームから出て行った。

ドタドタと聞こえてきたのは、階段を駆け上がっていく音だった。

「どこ行ったんだ、あいつ……？」

「おーい、ミナ！　二階に来て！」

「えぇ……？」

遠くからだったが、さすがは生徒会長だけあってよく通る声だった。

朝礼などで話し慣れているし、演説なども経験があるからだろう。

「二階って、いいのかよ……」

仕方なく、湊もPCルームを出て二階に上がった。

「二階の一番奥！　こっちだ！」

二階廊下の奥の部屋から、伊織《いおり》が顔だけ出していた。

湊《みなと》はそちらへ歩き、一応開いたままのドアをノックしてから入る。

「失礼します……」

「ミナ、なにを畏《かしこ》まってるんだ。たいした部屋でもないから入って」

「あ、ああ」

湊が入った女子の部屋は、これで二つ目。

意外にまだ、瀬里奈《せりな》の部屋にも入ったことがない。

なんでも瀬里奈家《せりなけ》は武家屋敷のようなたたずまいだというので、多少怯《ひる》んでいるというのもある。

そして、その二つ目の部屋は――

「めっちゃシンプルだな」

「だから、ミナも私の部屋じゃなくてＰＣルームに入れたんだ。ここは、あまり人を入れることを考えてない」

「そうみたいだな……」

勉強用のデスク、ベッド、クローゼット、本棚と基本的な家具は揃《そろ》っている。

ただ、異様に片付けられていて、まるで物が散らかっていない。

家具のほとんどは黒で、カーテンまで黒いので視聴覚室の暗幕のようだ。

というか、黒が多すぎて愛想がまるで足りない。

散らかっていないのに、人を入れにくい部屋というものが存在したらしい。

「……葉月《はづき》の部屋とえらい違いだ」

「ミナ、葉月さんの部屋に入ったことあるのか。あの人は部屋もシャレてるんだろうな」

「うーん……まあ、散らかってはいるな」

湊は、つい葉月の部屋に入ったことがあると明かしてしまった。

ただ、伊織は〝遊びに行ったことがある〟程度に理解したらしい。

まさか、以前から湊と葉月がお互いの家に入り浸《いびた》っていて、しかも今は葉月の家で同棲《どうせい》状態だとは夢にも思わないだろう。

それはともかく――

「どうも、どういう部屋にしていいかわからないんだ」

「そんなの悩むことじゃないだろ」

普通に暮らしていれば、嫌でも部屋には個性が出てくるものだ。

「って、そうじゃなくて。なんで俺を部屋に……？」

「いや、姿見を見ながらミナの意見を聞きたくて」

「姿見？　ああ、それを見るために部屋に戻ってきたのか」

部屋の隅に、姿見が置かれている。

その姿見のフレームも黒なのは狙ったのだろうか。

「私だって一応女子だからな。姿見くらいは持ってる」

「いや、別に女子を推さなくてもわかってるって」

というより、伊織《いおり》自身が姿見を持っていることを恥じているかのようだ。

年頃の女子なら、自分の服装を確認するために姿見くらい持っていて当然だろう。

「それならいいが……自分で見た感じ、このスーツ、似合ってはいる……と思うのだが。サイズもぴったりだし」

「うん、確かに……サイズなんかは完璧だな」

湊《みなと》も、姿見のほうの伊織を眺める。

派手なワインレッドのスーツに負けていない、整った顔つきとすらりとしたスタイル。

間違いなく、見た目的には似合っているはずだ。

「そもそも、伊織が選んだというより、店の店員さんが見立ててくれたんだしな」

「あの人、カリスマ店員とかいう有名人らしいな。会計待ちのとき、他のお客さんから聞いたんだが」

「実在したのか、カリスマ店員……」

安売りの量販店でしか服を買わない湊には、伝説上の存在に等しい。

「ノリノリでコーディネートしてたもんな、あの店員さん」

「私、ちょっと怖かった……」

カリスマ店員さんは派手なギャルで、伊織の美貌に驚いていたようだ。

湊にしてみれば、カリスマだろうがなんだろうが、伊織のほうがはるかに美形だと思う。

別に店員は、美貌で売っているわけではないだろうが。

「それだけ、伊織が良い素材だったってことだろ」

「そ、素材……むしろ、着せ替え人形になった気分だった」

伊織は困ったように笑っている。

「いや、それより。ミナから見るとこれ、似合ってないのか？」

「あ、ああ。似合ってないってわけじゃなくて。〝スーツを着た女子〟に見えるんだよ」

「うっ……それは〝不自然〟って意味じゃないのか」

伊織は怯んだような声を出し、スーツの襟を直したり、ズボンの位置を上げたり下げたりして、なにやら調整している。

「うーん……そう言われると、私も〝女がなぜか男物のスーツを着てる〟ようにしか見えなくなってきたな」

「え？　あっ、悪い！　俺、完全に余計なこと言ったよな」

湊は慌てて手を振った。

「いや、葉月《はづき》のパーティのコスプレだもんな。むしろ、似合ってないくらいのほうが面白くていいのかもしれない」

「お、面白い……？」

「…………」

しまった、慌ててさらに失言を重ねたのか。

湊《みなと》はすぐに気づいたが、もう遅い。

「そうか、王子様とか持ち上げられていても一枚めくれば、ただのお笑い男装キャラ……儚《はかな》い栄華だったな。もう生徒会長も辞任して――」

「待て待て、話がとんでもない方向に飛躍してる！」

湊は、遠い目をする伊織《いおり》と姿見の間に割り込むようにする。

これ以上、伊織に自分の姿を見させるのは得策ではない。

「いや、ミナが悪いわけじゃない。率直に似合わないと言ってくれてむしろ助かる……」

伊織はクールに笑う。

「オシャレな葉月さんだったら、ミナと同じように気づくだろう。先に言っておいてもらってよかったかも」

「どうかなあ……葉月だって、いきなり伊織にスーツ似合わないなんて言わないだろうし、そもそも、面白いかどうかはともかく……ただのクリパのコスプレだぞ。伊織が王子だっていうのはみんな知ってるんだから、似合っても似合わなくてもスーツでコスプレするのは期待通りだし、むしろ正しいだろ」

つい、湊は言い訳がましく長々と説明してしまう。

「うーん……私、実はわかってるんだ」

「え？」

伊織は数歩進んで、湊の前に来る。

スーツ姿の伊織は、やはり女子にしか見えない。

しかも、凛々しく――〝美しい〟などという、口には出せない恥ずかしい表現が似合いすぎる女の子だ。

「私、ミナと二人きりになると……女子になってしまうみたいだ」

「………」

湊は一瞬、ぽかんとしてから――

「って、いやいや！　伊織は最初から女子だろ！」

「私は女子でも男子でもなく、〝王子〟だったんだ」

伊織は苦笑して、小さく首を横に振った。

「でも、ミナの前にいると、私は女子の顔になるみたいなの……」

「女子の顔って……だから、伊織は最初から……」

なんだ、この雰囲気は？

伊織《いおり》の柔らかな声を聞き、彼女と向き合いながら、妙にドキドキしてしまう。

「それで……ミナはどう思ってくれてるんだ？」

「え？　どうって……」

「パ、パンツを見せろとかいうけど……パンツを見るだけだよな。確かに、パンツは私もさすがに女物だし、ミナが見たいっていうのはわかる」

「な、なにを言ってるんだ？」

それだとまるで、湊《みなと》が伊織の顔を見ずに下半身にしか興味がないかのような——

「いつの間にか、私は中途半端になった。王子じゃないし、女子でもないし、こんな格好していても男子じゃない。自分がなんだかわからなくなったような……」

「それは疑問の余地はないだろ」

ここははっきり断言するべきだ、と湊は言い切った。

伊織を悩ませているのは自分なのだから、これ以上混乱させては申し訳ない。

「あのな、伊織翼《つばさ》は女子だ。少なくとも、自分ではそう思ってんだろ？」

「あ、ああ……私は自分から王子だとかイケメンだとか言ったことはないし……イ、イケメンはみんなが言ってきたんだ。私の自称じゃないぞ？」

「わかってるって」

伊織は見た目も中身もハイスペックだが、決して自分に酔っていない。

生徒会長に立候補するほどなのに、実は自虐的というのもかなり意外だが――

「だから、自分では女子だと思ってる。こんな格好しても似合わないのが当然だと思っているのに、一方で私は驚いてる」

「……いろいろ面倒くさいなあ」

「ミナ、なんて言った⁉」

「な、なんでもないっ」

鋭く伊織がツッコんできたので、湊は反射的に首を横に振る。

だが、今のは確かに失言だった。

「とにかく、女の子だと思ってるからこそ――伊織は女友達なんだよ」

「お、女友達……そうだ、そうだったな」

伊織は、ぼんやりつぶやくように言って。

「私がずっとなりたかっ……なんでもない！　これもなんでもない！」

「あ、ああ？」

どうも、伊織はさっきから情緒不安定すぎる。

「とりあえず、伊織。制服に着替えたらどうだ？　いや、家なんだから私服でいいのか。コスプレはそれで問題ないだろ。葉月《はづき》たちも大喜びだよ」

「……ああ」

伊織《いおり》はこくりと頷《うなず》いて、ワインレッドの上着を脱ごうとして――

「女子、か……いや、みんな本人の前ではそうは言うよな」

「まだこだわってるのかよ、伊織」

「ミナは――本当に私を女友達だと思ってる？」

「友達っていうのは馴《な》れ馴《な》れしいか？」

「まさか。私は友達でもない男子を、家に招待しない。男友達はミナだけなんだが」

「意外にみんな、男友達いないよな……」

あの派手で気さくな葉月《はづき》や穂波《ほなみ》ですら、湊《みなと》以外に男友達はいないらしい。

男のほうでは、葉月たちを友達だと思っている連中はいるようだが……。

「その唯一の男友達に、女友達だと思われているのは嬉しい。ただ……ミナはたまに意外と気遣いするから、本気かどうかは怪しい」

「本人の前でストレートに疑ってくるなあ」

伊織はさっぱりした性格だが、ここまでスバリと疑われるとは思わなかった。

「俺、男友達に『パンツを見せろ』なんて言わないぞ。見たくもねぇし」

「それは……そうか。女子なら女子のパンツを見たがる子もいるが、男子は違うか」

「…………まあな」

女子のパンツを見たがる女子なら、葉月がまさにそうだよ。

とは、さすがに湊も言えない。

「ただ、そうだな……じゃあ、もう一段上というか、俺が本当に思ってることを言おうか」

湊は、じっと伊織のほうを見る。

整った顔、大きな瞳、すらっとした身体――

こんな〝美少女〟を毎日そばで見ていたら、思うことは一つだ。

「な、なにを思ってたんだ、ミナ？」

「パンツを見せてもらうだけじゃなくて、伊織にお願いしたいことがあったんだよ」

「え？　それなら、もっと早く言ってくれたらよかったのに」

伊織は、きょとんとしている。

湊がお願いしたいことを口に出さなかったことが、よほど意外だったようだ。

だがもちろん、湊もなんでもかんでも口に出しているわけではない。

ただ――

「俺がずっと伊織になにを思ってたか――」

「言ってほしい。ミナならはっきり言えるよな？」

「ああ……」

湊は重々しく頷いてから、伊織の目をまっすぐ見て――

深々と頭を下げた。

「伊織《いおり》、一回でいいからヤらせてくれ！」


一瞬、伊織はリアクションも取らずに小さく首を傾《かし》げて――

声も出さずに、ぎょっとしたような顔になる。

「ヤ、ヤらせて⁉」

「ヤらせてほしくもない女子のパンツを見たいわけないだろ！」

「私にはわからない理屈だ！」

「だったら今、わかってほしい」

「グイグイ来るなあ！　ま、まさかそんなことを……いや、そうなのか……」

伊織は明らかな動揺を見せて、わずかに後ずさる。

「ボ、ボクなんかと……ヤりたいって……」

「そう、伊織と――って、ボク？」

「あっ……！」

伊織は口元を押さえて、耳まで真っ赤になってしまう。

「い、今のは……忘れてくれ！」

「おまえ、なにかとボロを出して俺に忘れさせようとするよな……」

もはや、伊織《いおり》に女子口調で話されても気にならなくなったが――

この一人称については、あらためてツッコミを入れておきたい。

「この前も、ちらっと言ってたよな、〃ボク〃って。一応、あのときはパンツが気になってスルーしたが」

「パンツのおかげでツッコミ回避できてたのか……小学校の頃、かっこいいとかイケメンとか言われて、その気になって、いつの間にか一人称が〃ボク〃になってたんだ」

「……まあ、今は直ってるし、一人称なんて個人の勝手じゃないか？」

「そ、そうだよな。中二の頃には、ボクから私に戻ってたからな！」

「…………」

割と最近まで〃ボク〃だったんだな、と湊《みなと》は一瞬思った。

〃ボク〃をやめたのは、二年ほど前ということになる。

「そ、そんなことはいいだろ！　それより、ミナの問題発言のほうだ！」

伊織は恥ずかしげにそう言うと――

「こ、こんなものまで見たいってこと？　それで、その先もって……」

「お、おい……」

伊織はスーツの上着を着たまま、中のシャツのボタンを外していき――

グレーのタンクトップのようなブラジャーがあらわになる。

「ボクの……私の胸とかも見たいってこと……？」

「胸を見るだけじゃない。ヤらせてほしいんだ」

「一歩も怯まないな……私は女子らしくないが、ミナはある意味男らしい……」

伊織は呆《あき》れた顔で言って。

「む、胸くらいならいいが……もう、あれだけパンツを毎日見られてるんだし」

「マジか……」

伊織の胸は、服の上から見てきた限りでは小さいが――もちろん興味はある。

湊はごくりと唾を呑《の》み込《こ》み、おもむろに伊織のブラジャーに手をかける。

「わっ、早い早い！　もう脱がそうと――きゃあっ！」

湊はぐいっとブラジャーを上にズラし――

「えっ？　な、なんだこれ？」

「こ、これは……その……！」

グレーのブラジャーからこぼれ出したのは――

勢いよく、弾むようにして飛び出してきた胸は――

「なんだこれ！　めっちゃ巨乳じゃねぇか！」

「きょ、巨乳とか言うな！」

だが、湊《みなと》が言ったとおり、伊織《いおり》の胸のサイズは充分すぎるほど大きい。

「い、一応……Fカップくらい……」

「そんなにあるのか……！」

つい最近まで葉月《はづき》はFカップで、今は成長してGカップになっている。

だがFもあるなら余裕で巨乳と言っていい。

「これだけあれば、挟むのも楽々だな……」

「は、挟む⁉」

「しかも乳首も小さいし、可愛《かわい》いし、すっごい綺麗《きれい》なピンクだな……」

「い、言うなあ……！」

伊織は恥ずかしげに胸を隠し、身体をよじり——

その弾みで、背後にあったベッドに座り込んでしまう。

さらに、胸がぷるんっと弾むように揺れた。

「な、なんか、既にミナの思いどおりに事が運んでないか……？」

「俺が押し倒したわけじゃ……いや、こうしたかったんだから、伊織の言うとおりかな」

「ば、馬鹿、そんなはっきり……」

「でも、伊織の胸、マジで大きいし……本当に乳首も綺麗だな」

「乳首を褒められたのは生まれて初めてだ……」

「普通の関係だと、あまり乳首は褒めないな。で、これちょっと舐《な》めてもいいか？」

「凄《すご》いこと、許可求めてくるな！」

伊織はぼっと音がするくらい、真っ赤になってしまう。

その白い肌も上気していて――ひどく色っぽい。

「でも、伊織。なんていうのか知らねぇけど、なんでこの変わったブラジャーでわざわざ胸を押さえつけてるんだ？」

「……補正下着だ。私、女子っぽくないから。胸が大きいと変に見えるかと思って」

「だからって……このブラジャー、苦しくないのか？」

「最初はちょっと。でも、慣れたら胸が揺れないし、押さえつけたほうが楽なくらい……って、だからそんなに見るなぁ！」

伊織は恥ずかしそうに、また腕で胸を隠そうとする。

その女子らしい恥じらいが、余計にエロい。

「……さ、触るくらいならいい……よ」

「マジか……」

湊は間を置かずに、即座に伊織の胸に触れてみる。

ぐいっと下から持ち上げるようにして揉むと――そのたっぷりとした重量感が手に伝わってくる。

「うわ、すげぇ……こんな凄いおっぱい隠すとか、ズルいぞ、伊織《いおり》」

「ズルい⁉　どんな感想なんだ⁉」

伊織はツッコミつつ、なぜか腕を下げて――ぷるんっと胸があらわになる。

「じゃ、じゃあもう隠さない……好きにしていい、ミナ」

「本当に……いいんだな？」

「だって……ミナは私を王子じゃなくて、女友達として見てくれてるんだろ？　友達から頼まれたら断れない……」

「ああ……」

湊《みなと》はさっそく伊織の胸に舌を這《は》わせ、その可愛いピンク乳首を口に含んで吸い上げる。

「やんっ、舐めていいとは言ってな……！　ミ、ミナ、慣れてるよな⁉」

「あ、悪い。まあ、ちょっとは慣れてるかも……」

かなり遠慮した表現だった。

今の湊はその辺の軽いイケメンより、はるかに女子相手の経験を積んでいる。

「やっぱり舐めないほうがいいか？」

「一度舐められたんだから……もうかまわない。その……好きに舐めたら？」

伊織は強がっているのか、いつものようなクールな態度で言った。

それから、胸をぐいっと湊のほうに突き出してくる。

やはり強がっているようだが、こんな大きなおっぱいと可愛い乳首を差し出されたら、遠慮などできない。

「おお、すっげぇ……このおっぱい本当にデカいしふわふわだな。乳首も小さくて可愛いし、綺麗すぎるくらいのピンクだ……」

「じ、実況解説は認めてないぞ！」

伊織は文句を言いつつも、胸を突き出したまま、されるがままになってくれている。

湊は伊織の小さな可愛い乳首を口に含み、舌で転がし、たっぷりと味わって――

「は、はぁ……そ、そんなに……口でしつこく責められるなんて……嘘《うそ》みたい……」

「俺も最高すぎて、信じられねぇな……伊織、やっぱり女子だよ。それも可愛くてエロい女子だ」

「エ、エロいは生まれて初めて言われた……私が、そんな女の子らしい表現されるとは思わなかった」

伊織の学校での姿を見て、そう思っている男子も相当数いるだろう――

ただ、伊織がボーイッシュで、しかも周りから王子様として讃《たた》えられているので、可愛いだのエロいだの言いにくいのではないか。

湊は、コリコリと伊織の乳首をつまみながら、そう思った。

「んっ♡　こ、こら、そんなしつこく乳首ばっかり……！」

「まだお許しが出たのが、おっぱいだけだからな。他のお許しが出るまで乳首を味わうしかないだろ」

「馬鹿……意地悪だ……」

伊織《いおり》は片目だけ開けて、じとっとした視線を向けてくる。

だがその目は嫌がっている感じではなく、むしろ快感でうっとりしている。

湊《みなと》はこんな目をしている女子を、何度も見てきたのでわかってしまう。

「も、もうダメ、おっぱいこんなに……ミナ、私、こんなの知らない……と、友達なのにここまでされちゃうなんて……」

「でも、俺が望んでるのはもっと――」

「ヤ、ヤらせてほしいんだっけ……」

伊織は、はぁっと深い息を吐いた。

それから、スーツのズボンのベルトを外すと。

ズボンをするっと脱ぎ――白のパンツがちらりと見えた。

「こ、ここもってこと……？　私が女の子だってこと……確認したいの？」

「いや、女の子なのは充分わかってるって。だからこそ、ヤらせてほしいんだよ……」

「だ、だからヤらせてってそんなはっきり、もうっ……！」

伊織は自分でパンツを見せておいて、ひどく恥ずかしがっている。

だが実際、湊がもっとも興味があるのはこのパンツの下だ。

「でも、そうか……ミナじゃなきゃ、私のここに興味持ってくれないし……」

「そんなことはねぇって」

湊以外にも、伊織の魅力に気づいている男子はきっといるだろう。

だが、伊織の魅力を知っていて、ヤらせてほしいとお願いできるのは自分だけ——湊はそう確信している。

「伊織が可愛い女の子だってこと、俺はもうわかってる。でも、もっと……わかりたい」

「そ、そのためにも……なの？　そのために、私とヤ、ヤりたいって……」

「頼む、伊織！」

「急にがばっと来た！」

湊は伊織をベッドに押し倒したまま、ぐっと顔を寄せる。

「頼む、一回でいいからヤらせてくれ！」

「さっきと同じ台詞《せりふ》だ！　でも必死さが上がってる！」

「当たり前だろ、おっぱいしゃぶらせてもらって、パンツまで見せてもらって……ここでお預けになったらマジで困る」

「こ、困るのか……私も、ここまでされて……これで終わりじゃ……せつない……」

「え？」

「な、なんでもない！　私も興味があったから……じゃなくて！」

伊織《いおり》は早口で言いつつ首をぶんぶんと振ると。

「ただ、ミナ。私からも一つお願いしたくて……」

「え？」

「ミナの経験とか、そんなに深く訊《き》かない。なんとなく察しがつくし……」

どうも、伊織には葉月《はづき》や瀬里奈《せりな》のことがバレているようだ。

完全にはわかっていないだろうし、穂波《ほなみ》のことまでは気づかれていないだろうが。

「な、慣れているなら……や、優しくしてほしい。私、本当になにもかも初めてだから。こんなとこ、自分で触ったこともないから……」

「あ、ああ」

伊織は、すすっとパンツのあたりへと自分の手を這わせている。

「その、こういうときに必要なヤツは着けなくていいし……ミナ、持ってないよね？」

「……持ってない」

自宅と葉月の家にはたっぷりアレが常備してあって、葉月とヤるときは着けることも多い。

最初の二、三回は着けて、その後の数回は勢いで着けずにヤらせてもらっている。

瀬里奈の場合は、最初から一度も着けないことも珍しくないが。

「じゃあ、最後は……その、どうしたらいいか、わかるよね？」

「わかるよ」

そのやり方が効果的とは言えないが、そのまま最後まで――よりはマシだろう。

「私からのお願いは、優しくしてほしくて、着けなくてもいいから最後は……それと、あと、ちゃんと私にも……その……イ、イか……」

「わかった、大丈夫だ」

湊《みなと》は伊織の頬《ほお》を摑《つか》み、ちゅっとキスをする。

「わっ、キス……そ、それも初めて……」

伊織は驚いたような顔をして、なぜか困ったように笑う。

「わ、私が男子とキスできるなんて……びっくりだ……」

「悪い、許可も取らずにやっちまったな」

「いいよ、胸をあれだけ派手に舐《な》め回《まわ》されて、キスもしてないほうがおかしかったんだし……ん、ちゅ♡」

伊織も湊の頬を摑んで、彼女のほうから軽くキスしてきた。

「これで準備が整った……かも。い、いいよ……ミナ。でも、その……キ、キスしながらだと嬉しいかも……」

「頼み事、一つって言わなかったか？」

「ミナ……ばか」

伊織《いおり》はまたベッドの上で身体を起こし、ちゅうっと唇を吸うようにキスしてきた。

「女の子はわがままで欲しがりなものなの。私だって女子だから、たくさん欲しがっても……いいよね？」

「……ああ」

伊織は湊《みなと》の頼みを聞いて、ヤらせてくれるのだ。

彼女の願いなら二つでも三つでも、いくらでも聞いてやりたい。

ベッドに男物のスーツ姿で転がっていても、可愛《かわい》くてエロい女友達の願いなのだから。

「伊織……じゃあ、いくぞ？」

「う、うん……私、ミナにお願いされるのを待ってたのかも……いいよ、ミナのお願い、叶《かな》えてあげる。だから、私のお願いも叶えてね？」

「…………」

伊織は、上目遣いで言って、湊の背中に腕を回してぎゅっと抱きついてくる。

「い、伊織っ……」

「きゃっ……♡」

伊織の可愛い声と仕草に、湊はもう——我慢できなくなってしまう。

これ以上、半裸の美少女を前にしてヤらずにいられない。

湊は、伊織の細い腰を掴み――

ぐぐっと身を乗り出していった――

「……メ、メチャクチャだったな、ミナ……」

「悪い。でも、伊織も相当だったぞ」

「うっ……」

湊と伊織は、二人で風呂場にいた。

熱いシャワーを、二人で分け合うようにして浴びている。

「わっ……初めてのときって……思ったより出るんだね……」

「あ、ああ」

伊織は風呂場の床が赤くなっているのを見て、驚いている。

もちろん、伊織は既に全裸だ。

真っ白な肌も、Ｆカップのおっぱいも丸見えで――

「あ、これでわかったよね？　私、本当にその……は、初めてだったんだから！」

「わ、わかってるって」

「でもミナ、私が……だ、大胆だからって経験を疑ってなかったか？」

「そんなことは……ちょ、ちょっとだけだ」

ベッドの上での伊織《いおり》は、予想よりはるかに大胆だった。

あるいは瀬里奈《せりな》より凄かったかもしれない。

湊《みなと》の責めを楽しむかのように笑い、伊織のほうから搾《しぼ》り上《あ》げるかのように責めてきた。

「いきなり、風呂に一緒に入ってくれるとは思わなかったしな……」

「あんなことしたあとなら、お風呂なんて遊びみたいなものだから。それに……」

ちゅっ、と伊織は湊にキスしてくる。

「ミナがメチャクチャにしたこの身体、今度はミナに洗ってもらわないと」

「うっ……」

伊織の唇や胸、乳首は湊の唾液だらけになっていた。

それに、下は――言うまでもない。

「一回だけって話だったのに……いきなり五回も……本当にメチャクチャだ」

「何回かは伊織のほうから続きをせがんできたんだろ」

「あ、あんなに激しくされたら、もう一回ヤりたくなるだろ！」

「………」

意外にはっきり認めるんだな、と湊は思わず呆れてしまいそうだった。

湊は伊織に続きをせがまれるままに応え、この女の子らしい身体を徹底的に味わい尽くしたのだから、呆れる資格などないが。

「もう伊織が女子だってことを疑うなんてありえないな。少なくとも、俺だけは」

湊は前に立っている伊織の胸を軽く摑んだ。

「きゃっ♡　もう、気安く揉みすぎだよ！」

「わ、悪い」

「ふ、二人のときは胸触るくらいは許可取らなくていいけど……生徒会室とかでは、触るときは注意しないとダメだからね？」

伊織は首を傾げ、上目遣いで注意してくる。

可愛すぎて、湊は気絶してしまいそうだった。

生徒会室でも許可を取れば触ってもいいというのも最高すぎる。

「それに……あれだけいろいろしておいて、まだ私を王子扱いしたら怒るところだった」

「でも、それこそ学校であんまり女子扱いすると変に思われたりしないか……？」

「んっ、馬鹿っ……またそんなに♡」

湊が伊織の胸に舌を這《は》わせ、ぺろぺろと乳首を舐《な》め上げると、また甘い声が漏れた。

「そ、それはそうかも……でも、学校では今までどおりの態度でいてくれたらいいよ。ちょっと仲良すぎに見えるかもしれないけど……」

「友達だから、いいんじゃないか？」

「それもそうか……私、友達たくさんいるけど、ミナはもう他とは違うから」

「男友達ってだけじゃなくて？」

「私、女の子みたいな声出して、女の子みたいな話し方しちゃって……こんなことまでしてるんだから、ミナは特別に決まって――あっ♡」

湊《みなと》は、ぐいっと伊織《いおり》の太ももを掴んで片足を持ち上げさせ――身体を密着させる。

「やんっ、こらぁ、なにをする気だよ、なにを？」

伊織が笑みを浮かべつつ、叱ってくる。

だが、特に離れる様子もなく、むしろ伊織のほうからも身体を密着させてきている。

「六回目、お風呂で？　ミナ、底無しなんだね……」

「まあ、多少は体力あるほうなのかもな……」

葉月《はづき》と瀬里奈《せりな》、二人に複数回ヤらせてもらって、鍛えているおかげだろう。

「もう……ミナをちょっと落ち着かせないと、ゆっくり身体も洗えないか。じゃあ、あと一回だけ……だからね？」

「わかってるって」

湊は頷き、伊織の身体を抱きしめて――

それから、六回目をたっぷりと楽しませてもらう。

伊織家の風呂場に、伊織の凛《りん》と澄んだ声が響き渡り――

「はぁ……結局、洗い場で六回目、湯船の中でも七回目なんて……どこまでメチャクチャなんだ、ミナは」

「悪い……けど、湯船では、伊織が俺にしがみついてきたんじゃないか」

「ウ、ウチの湯船は狭いんだ。あんなトコでミナと密着したら……し、してほしくなるのは当たり前だろ！」

「そ、そうかな」

湊は一度首を傾げつつも、頷《うなず》いた。

風呂場にいるといつまでも続けてしまうので、二人は脱衣所に戻っている。

伊織は恥ずかしそうに身体を隠しながら、服を身につけていく。

「えっ、あれ？」

「な、なに、ミナ？」

「それ、もしかしてスポブラってヤツか！　パンツもお揃《そろ》いだ！」

「め、めざといな！　いや、ミナが見たいっていうから……一応、これにしてみただけだ。そこまで喜ばなくても……」

「おお……めちゃくちゃ似合うな、伊織」

グレーの飾り気のないブラジャーとパンツだが……その質素な感じが、伊織《いおり》の抜群のスタイル、しなやかな身体を見事に飾っている。

「あ、あまり見ないでほしい。このスポブラ、楽なんだけど手抜きしてるみたいで、見せるのは気が引けるというか……」

伊織は、さっと黒いパーカーを羽織った。

パーカーのファスナーを閉じていないので、肝心のスポブラとパンツは見えたままだ。

「おお、パーカー羽織った姿もスポーティで可愛いな」

「ミナ、なんでもいいんじゃないか⁉」

伊織は驚き、その弾みでぶるんっとFカップおっぱいが揺れる。

スポーツ用のブラジャーでもこの大きさの胸は押さえきれないらしい。

「ああ、伊織、パーカー一枚じゃ寒くないか？」

「少し。でも、大丈夫」

伊織はパーカーのファスナーを閉じたが、スポブラはあらわなままで、裾からは白い太ももが見えている。

「ウチはどの部屋もPCが二十四時間動いてて、暖房代わりになるくらい熱いから。冬でも家ではだいたい薄着なんだ」

「へぇ、便利なような、そうでもないような……」

エアコンも動いているのだろうが、確かにデスクトップのＰＣならばかなりの熱を放っている。

伊織家のＰＣはハイスペックなものが多いようなので、余計に発熱も大きいはずだ。

「それに……い、今は身体が熱すぎるくらいだから……」

「俺もだな……」

湊《みなと》はまた伊織を抱きしめ、ちゅっちゅっと唇を重ねる。

押しつけられてくるＦカップおっぱいの感触もたまらない。

ついさっきまで散々にしゃぶって、風呂場でも生で見せてもらった胸でも、押しつけられるだけで嬉しい。

たっぷり唇を味わってから――二人で、伊織の部屋に戻った。

伊織の両親の帰宅は遅いが、泊まり込みはないらしいので、長居はできない。

「さすがに、そろそろ帰らないとな……」

「うん、そうだな……って、なにしてるんだよ！」

湊は、つい伊織のスポブラを引っ張っておっぱいを覗《のぞ》き込《こ》んでいた。

至近距離で、こんなＦカップが近くにあったら覗きたくなるのも当然だ。

しかも、さっきまで真っ平らだと思っていた胸がＦカップだったという意外な展開まであったのだから。

衝撃の余韻がある今日のうちにたっぷり見ておきたい。

「もう……ちょっと許したら調子に乗るよな、ミナは」

「そうかな」

「まあ、そんなミナには優しい瀬里奈《せりな》さんがお似合いなのかも」

「瀬里奈？　瀬里奈は優しいけど、なんで瀬里奈の名前が……」

「うーん……」

伊織《いおり》は、スポブラを少しズラして、ピンクの乳首をあらわにしてくれる。

お許しが出たようなので——

「あ、こらっ、こんなことまで……んんっ♡」

伊織をベッドに座らせ、湊《みなと》はその伊織に膝枕してもらいつつ、そのピンク乳首を吸わせてもらっている。

こんないやらしい体勢で伊織の可愛《かわい》い乳首を味わえるとは——最高の気分だった。

「わ、私はそんなに優しくないのに。ここまで甘やかすつもり、なかったのに……んんっ、吸いすぎっ♡」

湊は、ちゅばちゅばと伊織の乳首を吸わせてもらい、たっぷりと甘える。

王子から可愛い女子に、〝メス顔〟になった伊織に甘えるのは、なんとも言えない背徳感があってたまらない。

「実は、ミナ……」

「ん？」

「私、君と瀬里奈さんが……その、空き教室で……していたところを、見たことがあるんだよ」

「えぇっ！」

湊は、がばっと身体を起こす。

伊織は驚いてベッドに倒れ込んでしまい、湊は反射的に押し倒すような格好になった。

「み、見たって……俺が瀬里奈にヤらせてもらってるところをか？」

「う、うん。生徒会の仕事のことで瀬里奈さんに言っておくことがあって……空き教室に様子を見に行ったら……」

「マ、マジか……よく今まで言わずにいられたなあ」

驚くよりむしろ、感心してしまうくらいだった。

いや、簡単には口に出せないことだが、ここまで伊織は匂わせることすらなかった。

湊の前で挙動不審になってもおかしくないくらいの、衝撃的な場面だっただろう。

以前、湊は瀬里奈のスカートの中に顔を突っ込んでいるところを、穂波《ほなみ》に目撃されたことがある。

まさか二度も――しかも、伊織にはより決定的な場面を見られていたとは。

今後は、学校で瀬里奈《せりな》のパンツを見たり、ヤらせてもらったりするときは絶対に誰にも見られないように気をつけなければならない。

「ふ、二人がしてることが現実だと思えないくらいで……あの綺麗《きれい》な、女子らしい瀬里奈さんがなんというか……えっちな声を上げて……凄かった」

「凄かったか……」

伊織《いおり》は、最後には語彙を失ってしまったらしい。

「それで、私も……ミ、ミナとそうしてみたかった。あの女の子らしい瀬里奈さんと同じことをしたら、自分はどうなるかと思って……」

「……瀬里奈より凄《すご》い声を上げてたよ、伊織は」

「ば、馬鹿ぁ……！　そういうこと言わないでよ……」

「わ、悪い悪い」

湊《みなと》は伊織に覆《おお》い被《かぶ》さるようにして抱きしめ、パーカーのファスナーを下ろし、ついでにグレーのパンツも下げてしまう。

「謝りながらなにしてるんだよ、ミナ……」

「悪い、湯上がりの伊織、いい匂いがしてたまらねぇ……」

「匂いって……変態みたいだよ、ミナ」

伊織も湊の背中に腕を回してきた。

どうやら、伊織はいきなり湊の〝ヤらせてくれ！〟に応えてくれたわけではなく――

元から、こうなりたいという願望を秘めていたらしい。

だからといって、本当にヤるとは本人も想像もしなかっただろうが。

「さっきから伊織、声もしゃべり方も可愛いしな。二人のときはいつもそれでもいいな」

「うっ……男っぽいしゃべりは最初は演技だったけど、今はもう馴染《なじ》んでるから。たぶん、完全に〝素〟にはならないかもね……ごめんね？　可愛げなくて」

「いや、男っぽい口調と可愛い口調がまざってるのもいいかも」

「ひゃんっ♡」

湊は、その二種類の声が出てくる唇をぺろっと舐めた。

甘くて柔らかく、その口の奥からは可愛い声が漏れてきた。

「いい匂いがして、声も可愛くて……帰る前に、もう一回だけ……」

「一回じゃ終わらないくせに……だったら、もっとちゅーしてからね♡」

伊織のほうからもキスしてきて、湊はそれに応えて舌を絡め合いながら――

「きゃっ……♡」

湊は伊織のスポブラを大きくめくり上げ、Ｆカップの胸をぷるるんっと飛び出させる。

凛とした可愛い顔、大きな胸、綺麗な声、たまらない髪と肌の匂い――

これだけのものが間近にあって、頼めばすべてを味わわせてもらえる。

だったら、時間の許す限り楽しんでしまう自分を、湊《みなと》は止められなかった——

8　女友達は怖がっている

Onna Tomodachi ha Tanomeba Igai to Yarasete kureru

「おっ、王子だ」

「今日も凛々《りり》しいよなあ」

「というか、あんだけ女子を侍《はべ》らせてたら女子でも羨ましいわ……」

「………………」

絵に描いたようなモブの反応だな、と湊は友人たちに失礼なことを考えていた。

休み時間、教室を出て、友人たちと廊下で雑談していたところだ。

そこに、伊織《いおり》が女子数人を引き連れて通りすぎ——友人たちが羨んでいるわけだ。

「湊、おまえ生徒会の手伝いしてんだろ？　女の園なんじゃねぇの？」

「女の園とはまた古めかしい言い回しだな」

湊は苦笑いして、首を小さく振った。

「生徒会長に釣られて、女子がいっぱい集まってんじゃないのか？」

「そんなことはねぇよ。こっちは仕事してんだぞ。伊織は真面目だしな」

「なんだ、つまんねぇ。夢がないな」

「おまえら、生徒会になにを夢見てんだよ。なんなら、俺と代わるか？」

「冗談だろ、伊織《いおり》会長のハーレムには興味津々だけどよ、生徒会の仕事なんてやってられねぇよ」

友人たちは、湊《みなと》の軽口を笑い飛ばした。

その仕事をやってるのが伊織なんだが、と湊は納得できないものを感じた。

ただ、そんなことをわざわざ口に出して、空気を悪くするほどのことでもない。

「でもさあ、なんか……」

「ん？」

湊の友人の一人が、ぽつりとつぶやいた。

「会長、前となんか違わないか？」

「は？　いつもどおりじゃん。下手なイケメンよりイケメンだろ」

「それはそうなんだけど……なんか、生足とかエロくないか？」

「あー、脚長いよな、会長。冬でも生足だしな」

「言われてみりゃ、ちょっと……」

「エロいかも……」

「…………」

友人たちが一斉に、廊下の向こうへ歩いて行く伊織のほうを見た。

言うまでもなく、全員が伊織のスカートから伸びる脚を眺めている。

湊としては、なんとなく面白くないが……友達に「俺の友達の脚を見るな」というのも変な話だ。

「おーい、湊！」

「湊くん」

「おっ、葉月《はづき》、瀬里奈《せりな》」

今度は、葉月が瀬里奈を連れて現れた。

周りの友人たちが、わずかにざわめく。

湊のところに葉月たちが現れることに、この友人たちももう慣れているはずなのだが、まだ動揺してしまうらしい。

「あのさ、今日の授業終わったら、あたしらも生徒会室行くから」

「はい、お邪魔させていただきますね」

「え、そうなのか……」

湊は一瞬、背中に冷たいものを感じた。

まさか昨日、伊織にヤらせてもらったことをもう嗅ぎつけた——と思ってから、ありえないと気づく。

湊《みなと》と伊織《いおり》しか知らないことで、自分も伊織も人に話すわけがない。

「じゃ、そういうことで。伊織王子に連絡つけといて。例のクリパの件で」

「私、会長さんには事務連絡しかしたことないので……ちょっと連絡しづらくて」

「あ、ああ、わかったよ」

湊が頷くと、葉月《はづき》と瀬里奈《せりな》は教室に戻っていった。

「葉月と瀬里奈が……？」

わざわざ生徒会室を訪ねてくるとは、予想していなかった。

二人もこの学校の生徒なのだから、生徒会室への出入りは自由なのだが。

伊織を名指しでクリパに誘ったことといい、どうも葉月の意図が読めない。


短縮授業中で、昼には放課後になり――

湊たちは今日も瀬里奈が持ってきてくれた美味《うま》い弁当を味わい、満足してから。

三人で生徒会室へと向かった。

伊織には既に湊からＬＩＮＥを送っていて、ＯＫの返事をもらっている。

「いらっしゃい、ミナ。葉月さんと瀬里奈さんもようこそ」

湊が生徒会室のドアを開けて入ると、伊織がクールな表情を浮かべて立っていた。

昨日は湊とベッドや風呂で、あんなエロ可愛《かわい》い顔をしていたとは思えない。

「瀬里奈さんも生徒会室に来るのは久しぶりだな。いつも手伝ってもらえて助かってる」

「いえ、最近はお手伝いできてなくてすみません。三学期からはまたお手伝いに入れますので」

「ありがとう、本当に助かる」

伊織が微笑《ほほえ》むと、瀬里奈は赤くなって顔を伏せた。

イケメン王子の微笑みは、清楚《せいそ》なお嬢様にも効果抜群らしい。

「葉月さんとは……ほとんど初めましてかな？」

「ああ、ウチの湊がお世話になってます」

「おまえは俺のなんなんだ？」

「え、娘じゃなかったっけ？」

「そのネタ、まだ覚えてたのかよ！」

湊がつい葉月の世話を焼いてしまうので、たまに母扱いされている。

「というか、葉月が保護者みたいになってただろ、今の挨拶。馬鹿言ってないで、伊織は忙しいんだから、早めに用事を済ませないと」

「あ、そうだった。ね、伊織くん――じゃなかった、伊織さん」

「くん付けでかまわない。そう呼ぶ女子も多いし。会長呼びよりいいくらいだな」

女子扱いされたいはずの伊織《いおり》は、まったくためらわずに答えた。

やはり、伊織は学校では王子様として振る舞うつもりらしい。

「じゃあ、伊織くん。頼みがあるんだけど」

「なに？」

「三十分でいいから一緒に遊ぼう！」

「へ？」

伊織が、〝イケメン王子〟らしからぬ間抜けな声を漏らした。

「あ、遊ぼうって？　いや、三十分くらい別にかまわないが……」

「今度、クリパ来てくれんでしょ？　でも、いきなりウチらのところに引っ張り込んだら、動揺したヤツもいたからさ」

「誰のことだろうなあ……」

葉月《はづき》が送ってきた意味ありげな視線を、湊《みなと》は見なかったことにした。

ただ、葉月も学習したらしい。

以前、湊を葉月率いる陽キャグループに引っ張り込み、あちこちに遊びに行き、連れ回したことがあったが——

湊にとっては居心地が悪く、正直楽しむどころではなかった。

葉月もそれを察して無理に誘わなくなったが、その失敗を彼女も覚えていたらしい。

伊織が参加するクリパはごく内輪のものだが、馴染みのないグループであることに変わりはないので、まずは一度軽く遊んでおくことにしたようだ。

「遊ぶのはいいが、私は生徒会室を離れられない。一応、ここの責任者だからな」

「あ、そうなんだ。うーん、近くのカラオケかスポッティでも行こうかと思ってたけど、どうしよっか」

いきなり葉月の計画は頓挫《とんざ》したようだ。

行き当たりばったりにもほどがある。

「よかったら、私のほうで用意してきました。これ、いかがでしょう？」

瀬里奈《せりな》が微笑みながら言うと、カバンからノートＰＣを取り出した。

意外にも、カバーにクマのシールが貼られたりして、可愛く飾っている。

瀬里奈もお年頃の女子なのだから、持ち物にデコレーションするのは普通だが。

「ゲーム？　伊織くんってゲームやるの？」

「多少は嗜《たしな》むかな。古いゲームが多いけど、新しいゲームも少しは触ってる」

「た、たしなむ？　まあいいや、じゃあ一緒にやろっか。瑠伽《るか》のことだから、あたしも遊べるようなヤツ、持ってきてくれたんでしょ？」

「はい、三十分もあれば終わるオススメゲームがありますよ」

瀬里奈は伊織に断りを入れて、生徒会室の長机にノートＰＣと小型マウスを置き、椅子に座った。

PCをスリープから復帰させ、手早くなにやら操作して――

「これです、操作もキーボードとマウスだけで簡単にできますよ」

「………」

湊《みなと》は、ノートPCの画面を見て変な声を上げそうになった。

瀬里奈《せりな》のノートPCは大きめで、画面は14インチ程度だろうか。

その画面には、フルスクリーンでゲーム画面が表示されており――

「〝夜光霊車《やこうれつしゃ》〟……ホラゲじゃねぇか！」

タイトル画面では、古めかしい寝台列車の通路に白いワンピースを着た女の亡霊がたたずんでいる。

これでホラーゲームではなかったら、逆に驚くところだ。

「三十分の短時間で終わって、操作もシンプルなゲームだそうです。私もまだ遊んでいないのですけど」

説明する瀬里奈の顔は、キラキラと輝いている。

この優しい女友達は、善意のみの心でホラーゲームを選んだらしい。

瀬里奈には「驚かせて楽しんでやろう」という悪戯《いたずらごころ》心すらないに違いない。

実は湊も、ホラーゲームはほとんど遊ばない。

彼が好むのはアクション系や、壮大なストーリーのあるゲームで、この〝夜光霊車〟なるタイトルは、おそらくどちらでもない。

「へぇ、ホラゲか。私はあまりやったことないな。最近はインディーズのホラーゲームでも３Ｄの作り込みが凄《すご》いって聞いたな」

「ええ、この〝夜光霊車〟も質感が素晴らしい３Ｄ映像で最高の恐怖を演出しているそうです」

瀬里奈が、ニコニコ笑いながら嬉《うれ》しそうに言っている。

湊は瀬里奈が夜道を怖がらないので、恐怖心が麻痺《まひ》しているのではと疑っていた。

どうも、答え合わせができた気がしてならない。

「まあ、せっかく瀬里奈が持ってきてくれたんだし、遊んでみるか……って、葉月《はづき》？」

「…………」

明らかに、葉月の目が死んでいた。

「あ、ああ、あたしはゲームは苦手だから、操作はあんたらに任せるよ。ここで見てるからさ」

葉月は慌ててそう言うと、ノートＰＣを操作する瀬里奈から離れた位置に立った。

「では始めますね。湊くん、会長さん、切りの良いところで操作を代わりましょう」

瀬里奈はマウスを動かして、ゲームを進めていく。

ゲームはプレイヤーの一人称視点で、無人のホームに滑り込んできた古い寝台列車に乗り込み、その車内を探索していくらしい。

当然ながら、ホラーゲームなので――

プレイヤーが座った座席の窓の外を、白っぽいなにかがさっと横切ったり。

食堂車では不気味な包丁の音が響いていたり。

トイレに入ると、謎の黒髪ロングの女が立っていて、一瞬で消えたりと。

絶妙のタイミングで、プレイヤーを驚かせる仕掛けがあちこちに仕込まれている。

「ぎゃあっ！　い、今窓の外になんかいた！」

「な、なに？　なんで包丁の音すんの？　なに切ってんの？」

「いやあああああっ！　ノックしたのになんで入ってんのよっ！」

と、ミルクティー色の髪をしたギャルが一人で悲鳴を上げている。

「ちょ、ちょっと！　瑠伽《るか》、そっちはダメ！　もう寝ちゃおう！　寝てる間にすべて終わるでしょ！」

「〝寝台車両にはまだ行けない〟と表示が出ますね。探索が足りないようです」

「なんでよっ⁉」

瀬里奈《せりな》が冷静に答えると、葉月《はづき》は涙目でツッコミを入れてきた。

「ゲームってそういうもんだから。フラグを立てていかないと先に進めねぇよ」

「……で、電車から飛び降りたらどう？　オバケたちともバイバイだよ？」

「そんなことできる自由度、ねぇよ」

できたとしても、走行中の列車から飛び降りたら木っ端微塵《こっぱみじん》になってゲームオーバーだ。

「だ、だって……ぎゃあああっ！　今、画面の端でなんか動いた！」

「動いてねぇって……お、おい、葉月？」

「なに⁉」

「な、なんでもない」

さっきから、葉月が湊《みなと》の腕にしがみつくようにして、そのGカップのおっぱいが潰れるほど押しつけてきている。

ゲームを始めたときは、伊織《いおり》の隣にいたのに、最初のビックリシーンで飛びつくように湊にくっついてきて、そのままだ。

ただ、本人は無意識のようなので離れろとも言いづらい。

さらに車両を探索し、座席がべっとりと血で汚れていたり、車窓から不気味な黒い手が現れたりと絶え間なく恐怖が襲ってくる。

「ううっ……」

「ん？　瀬里奈、どうした？」

湊は、瀬里奈が唸《うな》っていることに気づいた。

「いえ、これ……だいぶリアルですね。ちょっと気味悪くなってきました……」

「えっ、瀬里奈《せりな》が？　気味悪いなんて思うことあるのか？」

「あの、湊《みなと》くん？　私をなんだと思っていますか？」

「い、いえ……」

湊は、振り向いて怖い目を向けてきた瀬里奈に、首を振ってみせる。

このゲームより瀬里奈の目のほうが怖い。

それはともかく、瀬里奈は恐怖心が麻痺しているというのは勘違いだったらしい。

確かに、このゲームは背景の描き込みも細かく、不気味な雰囲気を出す演出が巧みだ。

正直、ホラーが苦手でない湊でも怖くなってきている。

「だったら、私が交代しようか、瀬里奈さん」

そこに、凛《りん》とした声が響いた。

「えっ……い、いいんですか、会長……伊織《いおり》さん？」

「ちょうど区切りもいいところだ。私は全然平気だから」

伊織はクールに言い切って、瀬里奈に微笑みを向ける。

「あ、ありがとうございます……」

瀬里奈は恥ずかしそうに笑い、立ち上がって伊織に席を譲った。

あの瀬里奈が、うっとりした表情を浮かべるとは——

これで伊織が男子だったら、カレシでもない湊でも嫉妬してしまいそうだった。

「操作も瀬里奈さんのを見て覚えたし、問題なさそうだ」

伊織はノートPCの前に座り、マウスを握った。

「えっ、伊織くん？　マジでやんの？　瑠伽《るか》はちょっといろいろ欠落してるから、ホラーとか怖くないと思ったのに、その瑠伽でもダメなレベルの恐怖なんだよ？」

「聞き捨てならないことを言ってますね、葵《あおい》さん……」

「あのさ、嫌ならやめてもいいよ？　オバケはみんな怖いんだから」

「大丈夫だ。私だって怖いが、その怖いのが楽しいんじゃないか」

「えぇー……」

伊織が笑って言うと、葉月《はづき》は理解できない生き物を見る目をする。

「じゃ、続きをやるか。瀬里奈さん、こっちに進めばいい？」

「はい。あ、さっそく危険な雰囲気が――」

「ぎゃあああっ！　またあの怖い女出た！　もういいってぇ！」

「は、葉月、俺の身体が折れる……！」

葉月は湊の腕ではなく、身体にしがみついて悲鳴を上げている。

さすがにこれだけ叫ぶと、外にまで響いてしまうのではないか。

陽キャの女王がこんな事件性のある悲鳴を上げていいのか？

「み、湊《みなと》くぅん……！」

「おい、瀬里奈《せりな》！　腕、腕の関節をキメてる！」

瀬里奈までが、湊の腕にしがみつき、無意識なのか肘の関節を逆に曲げてきている。

どうやら瀬里奈が怖がっているのは、演技ではないようだ。

「じゃあ、お二人のために、さっさと怖いところを抜けようか」

「おお、伊織《いおり》くん、頼りになる……！」

「伊織さん……かっこいいです……！」

葉月《はづき》と瀬里奈は、湊から離れてがしっと伊織にしがみつく。

「任せてくれ。大丈夫、正解ルートが見えてきた。すぐにクリアして終わりにしよう」

「わお、伊織くん、凄《すご》っ！　サクサク進めていく！　マウスを動かす手が見えない！」

「迷いのないプレイングが凄くて、怖くなくなってきました」

「………………」

湊は複雑な気分だった。

葉月たちの恐怖心がまぎれたのはいいが、自分ではなく伊織を頼っているのが微妙だ。

伊織が男子でなくても、嫉妬してしまいそうな——

「ミナ、この謎解きはわか——」

「え？」

不意に伊織が振り向き、湊の顔を見て固まった。

「いや、なんでもない。答えはわかった、大丈夫だ」

「…………」

と思ったら、伊織はすぐにノートPCの画面に向き直る。

今、俺が伊織に嫉妬してた顔を見られた――？

湊は焦ったが、まさか伊織に訊《き》くわけにもいかない。

「よし、これでたぶん正解だ。あとはエンディングだな」

「さすが伊織くん！」

「さすがです伊織さん」

「…………」

やはり、嫉妬の一つもしてしまいそうだ。

友達相手でも嫉妬ってするもんだな――と湊は自分の意外な面に気づいてしまう。

もっとも、嫉妬したところで湊に勝ち目はない。

なにしろ、伊織 翼《つばさ》は学校では王子様なのだから――


「今日はなんとしても、リビングで一緒に寝ます」

「……だろうな」

夜の葉月家《はづきけ》、リビング。

まだ同居中の湊《みなと》に、葉月が高々と宣言した。

二人とも既に風呂を済ませ、湊はパーカーにスウェットパンツ、葉月はタンクトップにショートパンツという格好だ。

葉月家は暖房を利かせているので、十二月に薄着でも問題はない。

「別に怖いわけじゃないけど？　ああいうの、怖がらないのが一番シラけるんだよね」

「……伊織《いおり》は怖がってなかったぞ」

「伊織くんは王子様じゃん。怖がらないのが正解だよ」

葉月は、きっぱりと言い切る。

「でも、あたしみたいな女子は別。怖がるのが可愛《かわい》いし盛り上がるの。やっぱ、あたしくらい陽キャ歴が長いと、怖がり方も年季が入ってるっていうか？」

「じゃあ、本当は怖くなかったのか、葉月？」

「当たり前じゃん。ただのゲームだし。怖がるのも大変だったよ」

「ふぅん……じゃあ、別に一緒に寝なくていいんじゃ？」

「うるさい。黙れ」

「………………」

今夜の葉月に理屈は通じないようだ。

湊も一緒に寝るのは望むところなので、からかうのはもうやめておく。

「伊織くんがサクッとクリアしてくれて、まだよかった……もっと長引いてたら、友達を集められるだけ集めて、カラオケで徹夜《オール》するところだったよ……」

葉月は、ぶつぶつとつぶやいている。

未成年の葉月たちでは、カラオケで騒げるとしてもせいぜい午後十時くらいまで。

葉月は法を破ってでも、恐怖をごまかしたかったらしい。

「でもまあ、伊織はゲームを普通に楽しんでただろ。怖がってなくても」

「あのゲームを楽しめるのはどうかと思うけどね。伊織くんは生徒会長やるだけあって、根性あんのかな」

「根性はあるだろうが……」

湊は、少しばかり気になっていることがあった。

今日の伊織は、いつも女子たちを侍《はべ》らせているとき以上に、凛々《りり》しく振る舞っていた気がする。

それだけ葉月や瀬里奈《せりな》が怖がっていたからかもしれないが——

「なに、湊？　どうかした？」

「いや……伊織は頼りになるヤツだと思ってな」

「だよね。あたし、断然伊織《いおり》くんのファンになっちゃった。かっこいいよね。やっぱ、クリパに誘ってよかったー」

「ふぅーん」

「なになに、湊《みなと》〜？　ヤキモチ焼くなよ〜？」

「焼くか、なんで友達に嫉妬すんだよ」

湊はドキリとしつつ、葉月《はづき》の軽口を軽く流す。

実際、嫉妬してしまっていたので、後ろめたい。

友達に嫉妬するなどありえないし、ましてや葉月たちが伊織を頼っている姿に、男として負けたような気がしたなど――

「それより、リビングはソファしかないし、床じゃ寝づらいだろ」

「う、うーん……リビングのほうが広くて明るいから……怖くないけど！」

「だったら、やっぱ葉月の部屋がいいんじゃないか？」

葉月はリビングで灯《あか》りを煌々《こうこう》とつけて眠るつもりらしいが、それでは恐怖がまぎれても寝づらいに決まっている。

「う、うーん……湊的にはベッドがあったほうがいい？」

「まあ、立ったままでも床に寝転がってもらってもいいけど、やっぱベッドのほうがいいんじゃないか？」

「なにをヤる気だよ、なにを！」

もちろん、葉月もなにをヤるのか充分わかっているはずだ。

「し、仕方ないな。優しい優しい葵《あおい》ちゃんが、今夜は——好きなだけヤらせてあげる。口でも胸でも……たっぷりシてあげる♡」

葉月は、タンクトップの胸元を両手でぐっと真ん中に寄せて、谷間をつくった。

大迫力のＧカップおっぱいがぐにゃりと潰れ、真ん中に集まってそのボリュームを示している。

湊は、ごくっと唾を呑《の》み込《こ》む。

「……今夜、寝ないつもりだろ？」

「ね、寝かせないって言ってんの！　女子にそんなこと言ってもらえるなんて、最高に贅《ぜい》沢《たく》でしょ！」

「まあなあ……」

とりあえず、葉月の部屋に行くことにした。

「リビングのほうが落ち着くんだけどね。ほら、あたし、昔はお母さんがいないときは一人でリビングで寝てたし」

「今日は俺がいるから大丈夫だろ」

「べ、別に？　湊がいなくても大丈夫だけど、優しいからヤらせてあげるってだけ！」

「なるほど……」

「なにが『なるほど』よ。まったく、あたしの優しさがこの男にはわからな――」

葉月《はづき》は、自室のドアを開けて中に一歩踏み込んで――


「きゃあああああああああああああああああっ！」


とんでもない悲鳴が響いた。

湊《みなと》は、後ろに倒れそうになった葉月をとっさに抱き留める。

「み、みなっ、みなとぉっ！　さ、さっきのヤバい女！　黒髪のヤバい女がここにも！」

「ま、待て待て、そんな叫ぶな！」

湊はとっさに、葉月の口を手で塞ぐ。

思った以上の悲鳴に、湊も正直驚いていた。

「す、すみません、葵《あおい》さん。ここまで驚くなんて……」

「へ？　る、瑠伽《るか》……？」

葉月の部屋には――瀬里奈《せりな》瑠伽がいた。

長い黒髪で顔を半分隠し、冬には似合わない白いノースリーブのワンピース姿だ。

というより、さきほどの〝夜光霊車〟に出てきた女幽霊そっくりだった。

「本当にごめんなさい。大丈夫ですか、葵さん？」

「だ、大丈夫だけど……なんで瑠伽が……って！」

葉月は、キッと鋭い顔で湊のほうを振り向いた。

「み〜な〜とぉ〜！　あんたが黒幕だろ！」

「瀬里奈がこんな悪いこと考えるわけねぇだろ」

「てめー、こらぁ！　ガチで腰が抜けるかと思った！　ていうか、抜けてる！」

「そ、そこまでなのか。いや、ごめん」

湊は、素直に頭を下げる。

「ちょっとな……瀬里奈が今日は泊まれるって話だったんで、軽いドッキリを仕掛けてもらおうかと」

「軽くねーよ！　くっ、あんたもやるようになったね、湊。まさか、あたしにドッキリを仕掛けるなんて」

「褒められてる気がしないな」

瀬里奈は一度家に帰り、白のワンピースを持ってきて。

湊の家に潜んでもらい、タイミングを見計らって葉月の家に入ってくるように湊が指示を出したのだ。

瀬里奈には、湊が預かっている葉月家の合鍵を渡してある。

「つーか……ネタ知ってた俺が見ても、ちょっと怖いな」

「……白ワンピ似合うね、瑠伽《るか》」

「あ、ありがとうございます。夏にはよく着てるんですよ」

この白ワンピースは、瀬里奈《せりな》が元から持っていたものだ。

これがなかったら、湊《みなと》も計画を実行しなかったかもしれない。

「ところで葵《あおい》さん、黒髪のヤバい女って言いませんでした？」

「る、瑠伽のことじゃないよ？」

葉月《はづき》は、口を滑らせたと気づいたらしい。

「というか、来るの遅いです……私だって、一人で待ってるの少し怖かったですよ？」

「うっ……わ、悪い、瀬里奈」

瀬里奈もまだ多少怖がっていたようだ。

葉月と違い、瀬里奈はもうホラーゲームの恐怖から立ち直ったようだったので、計画を実行したのだが。

「いやでも、マジで湊は成長したわ……あたしをイジれるなんて相当よ？」

「おまえ、怒ってたんじゃないのか？」

湊はさっきの葉月の悲鳴を聞いて、やりすぎたかと反省しているところだ。

「頭来たけど、ちょっと感心してんのよ。湊がドッキリ——そうだ、思い出した！」

葉月はハッとなって、突然クローゼットを開けて、なにやらゴソゴソ漁《あさ》り始めた。

それから、湊の目の前でさっさと赤のブラとパンツという下着姿になって――

「これ、これ見て！」

「当たり前のように、俺の前で半裸になったな」

「もう少し、女性として恥じらいは必要ですね」

「あんたら、今あたしに文句言える立場じゃないからね？」

じろっ、と葉月は湊たちを睨《にら》んでくる。

「それより、これどうよ！　ほら、瑠伽、こっち来て隣に並んで！」

「は、はい」

葉月が瀬里奈の手を掴んで、ぐいっと引き寄せる。

その葉月が着ているのは、黒のワンピース――いや、違う。

「もしかして、それってベビードールとかいうヤツじゃないのか……？」

「湊、よく知ってんね」

葉月が、服を湊に見せつけるようにしてくる。

黒をメインに、薄いピンクのレースがついたひらひらの服で、胸元と太ももが丸見えで、ほとんど衣服としての機能を果たしていない。

ブラジャーとパンツの上に着ているが、下着姿と大差ない。

「前に、麦《むぎ》たちと買い物したときテンション上がって買っちゃったけど、結局恥ずかしくて着てないっていう……でもほら、白ワンピの瑠伽《るか》といいコントラストになってない？」

「確かに……」

派手でエロい黒のベビードール姿の葉月《はづき》。

清楚《せいそ》で色っぽい白のワンピース姿の瀬里奈《せりな》。

二人が並んでいると、対照的でエロい。

そうなると――

「頼む、二人ともヤらせてくれ」

「さらっと頼むな！」

「そ、そうなると思いました……」

怒られても呆れられても、こんな二人を見せられて、おとなしく引き下がれる湊《みなと》ではなかった。

「二人とも、いいか？」

「わっ、こらっ」

「きゃっ、やんっ」

湊は二人を抱き寄せ、ベッドに座った。

「葉月、瀬里奈……」

「も、もう……あんっ、こら、いきなり吸うなあ……！」

「み、湊《みなと》く……んっ、急に胸、そんなにしたら……！」

湊は葉月《はづき》のベビードールの前をはだけてブラジャーをズラして乳首を吸って。

さらに、ワンピースの胸元から手を突っ込んで、瀬里奈《せりな》のDカップのおっぱいを揉む。

女友達の乳首を吸いながら、もう一人の女友達の胸を揉ませてもらう。

久しぶりの贅沢だった。

「あっ、もうっ……吸いすぎだってば……！　あんっ、こんなにされたら……！」

「ん、はっ……湊くん……おっぱい、摑《つか》みすぎです……！」

たっぷりと乳首の味と胸の柔らかさを楽しんでから、二人をベッドに押し倒す。

それから、まずは──

「葉月、まずヤらせてくれ。瀬里奈、次でもいいか？」

「はい、待ってます……ですけど、その間も……」

「じゃあ、葉月にヤらせてもらいながら、瀬里奈とキスしておっぱいも吸っていいか？」

「い、いいですよ……」

「よし」

「よし、じゃねーよ。あたしが黙ってたら、好き勝手に話進めるじゃん」

葉月が、じろっと睨んでくる。

だが、ベビードールを着たエロ可愛《かわい》い格好で凄まれてもまったく怖くない。

「そろそろ、葉月は返事を待たなくてもヤらせてくれるかと思って……」

「好き勝手に判断すんじゃん……」

葉月は、ベビードールの前をさらにはだけ、両膝を立てた体勢になる。

「ま、まあ……もう好きなときにヤっていいけどさ」

「マジか！」

「そ、そんなに喜ぶ？　今さら？　もう好きなときにヤらせてると思うんだけど……」

「追試期間中は我慢しただろ」

「我慢ねぇ……？」

「我慢、ですか……」

「な、なんだ？」

じろっ、と今度は葉月だけでなく、瀬里奈も睨んでくる。

「湊が我慢できるわけないじゃん。あたしらを好きにできる贅沢を覚えたのに」

「そ、そうですよね、男性はその、最低でも毎日五回はしないと我慢できないんですよね。

湊くんはそうですから……」

「………」

それは決して普通ではない。

ただし、湊《みなと》が普通ではないのではなく、普通よりはるかに可愛くてエロい女友達二人がいるからこその回数だ。

「まー、だいたいなにがあったか想像はつくけどさ」

「お友達に遠慮はいけませんが、秘密の一つ二つはあって当然ですね……」

「………」

どうも、湊が伊織《いおり》や穂波《ほなみ》と〝遊んで〟いたことはバレているらしい。

相手もあることなので、湊の口から認めることはできないが。

「まあ、今夜はしゃーないからあたしらが遊んであげる」

「え、ええ。葵《あおい》さんが先でもいいですが、ちゃんと私とも……遊んでくださいね？」

「わ、わかってるって」

湊は瀬里奈《せりな》を抱き起こすようにして、ちゅっとキスする。

この唇を味わいながら、葉月《はづき》にヤらせてもらえる——こんな遊びなら、やらない理由はない。

「というか、もう今夜は寝かせないからね、湊」

「葉月は寝たくないんだろ」

「だから、湊へのサービスだっつーの！」

「わ、わかったって」

葉月を怖がらせたお詫《わ》びに、一晩中葉月を楽しませなければならない。

もちろん、湊のほうも充分に楽しむが。

「じゃあ、始めるか、葉月、瀬里奈……」

湊は瀬里奈と唇を重ねつつワンピースの裾を持ち上げ、そこに手を突っ込んで――

さらに、片手で葉月の腰を摑み、彼女を引き寄せる。

「最初はこれでいいけど……二回目はあたしが〝上〟だからね？」

「あ、二回目も葵さんなんですか……？」

「めっちゃ怖かったんだから、別のことで上書きしたいの！」

「とうとう認めたよ、葉月」

湊は苦笑いしながら、さらに瀬里奈と唇を重ねて、葉月の赤いパンツに手をかける。

今夜は三人で、今までにないほど激しく遊ぶことになりそうだ――


「ううっ、眠い……」

湊はあくびしながら、学校の廊下を歩いている。

まだ時刻は朝の七時。

部活や委員会で登校している生徒がいるくらいで、一部の生徒はまだ眠っていてもおかしくない時間だ。

部活にも委員会にも所属していない湊《みなと》には、こんな時間の登校は新鮮ですらある。

「結局、二、三時間、うとうとしただけだったからなあ……」

葉月《はづき》と瀬里奈《せりな》、ヤる気満々の二人とベッドで一晩中楽しむのはさすがに大仕事だった。

ベビードールとワンピース、色香と清楚の両極端に振った服装の二人もいつもよりエロ可愛く、湊の欲望も止まらず――

「もう入り乱れすぎて、最後にはどっちにヤらせてもらえてるのか、わからんかったなあ……」

失礼な話だが、二人とも湊にヤらせていないときも甘い声を上げていたので、彼女たちも同じように感じていたのではないか。

「確認したら、アレは一個も減ってなかったしな……もうメチャクチャだった……」

全部そのままか――葉月の胸と瀬里奈の口に出すパターンが多かった。

もちろん、葉月の口でも瀬里奈の胸でもフィニッシュしているが。

とりあえず、三人で遊びまくったので、葉月はホラーゲームのことも瀬里奈に脅かされたことも、湊のいたずらのことも忘れてくれたようだ。

「おっと、通りすぎるところだった……」

生徒会室に着き、湊は軽くノックしてからドアを開けた。

「おはよう、ミナ。朝から悪い」

「まったくだよ、こんな時間に学校来たの初めてだ」

湊は、デスクについている伊織《いおり》に軽口を叩《たた》きつつ、生徒会室に入っていく。

「でも伊織、朝っぱらから呼び出しとは珍しいな」

「今日は朝礼あるから、原稿をつくらなきゃいけなくて。今、ちょっと手直し中なんだ。

これをミナに読んでほしいのと……」

「俺じゃ、たいした意見も言えないけどな。他にもなにかあるのか？」

「実は、その……ミナから言ってほしいんだ」

伊織はノートPCのキーを叩いていた手を止めた。

「俺から？　なにを？」

「葉月さんから誘われたクリパ、私は参加でき、な、い」

「え？」

「欠席するって葉月さんに伝えてくれ」

「え？」

わざわざコスプレ用のスーツを買ったというのに。

伊織は、楽しみにしているように見えたのに。

なぜ突然、心変わりしたのか――

「どうしたんだ、伊織《いおり》。理由を言ってくれないか？」

「ミナだけじゃなくて、葉月《はづき》さんたちにも悪いとは思う。せっかく、内輪のパーティに私を誘ってくれたのにな」

伊織はなぜか、困ったように笑う。

「私も、できれば参加したかった。実はクリパ自体が初めてで。去年までは誘いが多すぎて、一つに参加しづらかったんだ」

「でも、今年は参加する気になったんじゃないのか？　用があるなら途中参加でもいいし、先に帰ってもいいし。それで怒るヤツなんて一人もいないぞ」

人のことだが、湊《みなと》はそこは断言できた。

葉月も瀬里奈《せりな》も、穂波《ほなみ》も変わってはいるが、悪いヤツではない。

「うーん、そういうことじゃなくて……ただ、なんというか」

「うん？」

「私はたぶん、女友達にはなれない」

9 女友達と過ごすクリスマス

室宮《むろみや》高校の二学期も無事に終了——

「うえぇ……ガチでぇ……？」

葉月が成績表を見て、地獄の蓋《ふた》でも開いたかのような顔をしていたが——

それでも無事に終了した、と湊は思うことにした。

一応、追試はクリアしたので、進級が危ういほどの成績ではないだろう。

「あ、私の見ますか？　どうぞ、別にかまいません」

一方で、瀬里奈は湊が彼女の成績表を思わず見ていると、そんなことを言ってきた。

瀬里奈は自慢するつもりはなく、成績のことなど気にしていないのだろう。

湊はそうなると自分の成績表も見せないわけにはいかないので、遠慮しておいた。

成績は悪くないが、トップクラスであろう瀬里奈に見せられるほど良くもない。

「とにかく……終わったよ、湊！」

騒がしかった教室が静かになると、葉月が湊の席にやってきた。

Onna
Tomodachi ha
Tanomeba
Igai to
Yarasete kureru

「葉月《はづき》に終わったとか言われると、不安になるな……」

「そういう意味じゃねーよ！　言っとくけどあたし、留年するほど馬鹿じゃないから！」

「わかってる、わかってる。追試にはなったが、よく頑張ったよ、葉月」

「なんか湊《みなと》、最近あたしの保護者みたいになってない？」

「実際、そんな感じでもあるだろ」

湊はまだ、葉月家に住み込んでいる。

葉月は料理などは一切しないので、必然的に湊が食事を用意することになる。

もちろん、インスタントなどは料理には含まれない。

「この前からおまえ、一人で寝られないし……」

「そ、それを言うな！　人に聞かれたらどうすんの！」

もちろん、湊は声を潜《ひそ》めて言った上に、周りの席の生徒たちはもう教室を出ている。

「そもそも、原因は湊なんだから、責任取んのは当たり前でしょ」

「俺はちょっと、ささやかなイタズラをしただけだろ」

「あれ、心臓止まってたかもしれないっつーの」

「そこまでだったか？」

あるいは、黒髪ロングで顔を隠した瀬里奈《せりな》の迫力が凄すぎたのかもしれない。

「でもあれもエロかったなあ。美人の幽霊ってなんかエロい。瀬里奈にもヤらせてもらい

「考えてみれば、あの格好の瑠伽《るか》に興奮してたの、凄《すご》い話よね」

まくったしなあ」

「葉月のほうは未《いま》だに怖がってんな」

「あー……暗闇で出会ったら、瑠伽だってわかっててもヤバいね」

部屋で待ち構えていた黒髪ロング、ワンピース美女は葉月のトラウマになったようだ。

「夏の肝試し、目玉のイベントは瀬里奈に担当してもらうか……」

「おいこら、肝試しなんて陽キャのやりそうなイベントを湊が主催する気？　つーか、あたしを狙い撃ちしてるだろ！」

「ちっ」

肝試しイベントは葉月に却下されてしまいそうだ。

瀬里奈なら、幽霊役くらい気楽に引き受けてくれそうなのに。

その瀬里奈は用事があって、さっさと先に下校してしまっている。

「夏のことは夏に考えりゃいいのよ！　それより、今日はクリパ！　クリパだよ！」

「結局、メンツはどうなったんだ？」

「まー、会場はあたしん家だからね。あんま大勢入れないから」

「それもそうか」

葉月や湊が住んでいるマンションは、壁が厚くて多少騒いでも問題ないが、リビングはそう何人も入れない。

「予定どおり、あたしと湊《みなと》、瑠伽《るか》、麦《むぎ》、あとエナも来られるってさ」

「へぇ、小春《こはる》さん、大丈夫だったんだな」

小春恵那《えな》は最近、学校でも仲が良い友達ができたらしい。

そちらとクリスマスパーティをするかもという話だったが、葉月《はづき》との友情を選んだようだ。

「ま、葉月と関係修復できたばかりだもんな。まずは、こっちを優先か」

「親友だもんね」

葉月は、ニコニコと嬉しそうだ。

やはり中学時代からの親友、自分を陽キャグループに引っ張り込んだ小春恵那は、葉月にとっては別格らしい。

「あ、こら。エナも頼めばヤらせてくれるかも……とか思ってない？」

「いやいや、さすがにそこまでは！　俺をなんだと思ってるんだ？」

「なんだと思ってるか、ここで言っていいわけ？」

「……やめとこうか」

いくら周りに聞かれないからといって、物には限度というものがある。

「あ、そうだ。瑠伽に頼んで、生徒会のメンバーにも参加してもらうから」

「えっ？　まだ見ぬ生徒会メンバーとクリパで会うとはな……」

生徒会も、今日はさすがにお休みなのだろう。

既に、文化祭の後始末関係は終わっている。

有能な生徒会長が仕事を持ち帰り、一晩で終わらせる勢いで片付けてくれたのだ。

おかげで、湊もお役御免というわけだ。

「全部で八人。ウチのリビングじゃ、ちょっとオーバーしてるくらいだけど、湊は廊下で正座でもいいし」

「よくねぇよ。なんだ、その雑なイジりは」

「つまりさ、湊が廊下で正座するならあと一人くらい入れるってこと」

「……せめて、あぐらはかかせてくれ」

湊は軽口を返しつつ、葉月が言いたいことを察する。

葉月家でのクリスマスパーティは夕方から始まる。

今は午前十時過ぎなので、もう七時間くらいしかない。

「湊、やるんでしょ？」

「……ああ」

頷きつつも、湊は今になって迷う気持ちがなくもない。

伊織《いおり》に、クリパの欠席を告げられてから数日、考えてきたことがある。

たかがクリパ、それでもクリパ。

友人たちと過ごすクリスマスが、家族や恋人とのクリスマスに劣ることなどない。

湊《みなと》にとっては、友達と過ごすクリスマスが一番大事だ。

「俺、モモが行方不明になったとき、大変だと思ったけど、捜し回ったこと自体はマジで当たり前のことをしたと思ってたんだよな」

「自分にとっては些細《ささい》なことも、人にとっては大事なこともあるってことだよ。葉月《はづき》に教わったんだ、それを」

「は？　なに、いきなり？」

「ふぅーん」

葉月は、湊が夜中にモモを捜し回ったことで、彼を信頼できる人間だと思ってくれた。

湊は自分の行動がそんな結果を生むとは、まったく思いもしなかった。

それで葉月と仲良くなり、友達になり、今では毎日ヤらせてもらうほどの関係になれたのだ。

「友達のことならなおさらだ。なにが友達にとって大事なことか、よく考えないとな」

「うーん、湊が言うことは難しいね」

葉月には、湊の言うことが遠回しすぎたようだ。

「ま、なんとなくわかるけど。もう付き合いも長いしね」

「そんなに長いか？」

湊と葉月が友人になったのは夏なので、せいぜい半年くらいだ。

短いとは言わないが、さほど長くもない――

ただ、この半年の濃密さは十年以上の付き合いにも匹敵するかもしれない。

「やるぞ、葉月。予定どおりだ」

「湊がやらないって言うなら、あたしが無理矢理《むりやり》にでもやらせたけどね」

「怖《こえ》ぇな」

「湊は、あたしが頼んだらなんでもやってくれるでしょ？」

「そうだな……」

湊は、頷《うなず》いて思った。

友人同士で過ごすクリスマスパーティ。

伊織《いおり》翼《つばさ》には悪いが、彼女には強制的に参加してもらう――


「うっす」

「う、うっす？」

クリスマス――正確にはクリスマス前日、午後四時すぎ。

湊《みなと》は伊織家《いおりけ》を訪ね、チャイムを鳴らすと伊織翼《つばさ》が出てきた。

伊織は、湊につられて間の抜けた挨拶を返し、反射的に手を挙げていた。

「ミ、ミナ？　どうしたんだ、急に？　来るなんて連絡、来てた？」

伊織は、ポケットからスマホを取り出してなにか確認し始めた。

湊からの連絡を見逃していなかったか、確かめているのだろう。

「アポ無しで来た。友達ん家にいきなり行くことも珍しくないんだよな、俺」

「……私にとってはかなり珍しい」

伊織は、呆《あき》れたような目を向けてくる。

湊は同居前から、葉月《はづき》の家は当たり前のようにアポなど取らずに訪ねている。

「昔はそうだったと聞いたな。スマホもない時代は、連絡も取りにくかったんだろうが」

「今日は連絡したら、伊織が逃げそうだったからな」

「べ、別に逃げはしないよ……」

伊織は、慌てたように言う。

「そういや伊織は家でも、ちゃんとした私服を着てるんだな」

「え？　ああ、このほうが気が引き締まるし、コンビニでもラフな服装ではちょっと」

「なるほど」

葉月などは、家では肌もあらわなキャミソールやタンクトップ、ショートパンツというくつろぎきった格好だ。

湊が一緒なら、その格好で自宅そばのコンビニくらいは行く。

伊織は、デニムのジャケットに白のインナー、黒のショートパンツにタイツという格好をしている。

「うん、似合ってるな、伊織。コーディネートも上手《うま》いじゃないか」

「ど、どうも……割と無難な格好をしてしまうんだが」

「脚も出してるし、けっこう挑戦してるじゃないか。可愛《かわい》いと思う」

「か、可愛……ストレートに言うな、恥ずかしい！」

伊織が顔を真っ赤にして、湊を睨《にら》みつけてくる。

「悪いが、伊織。もっと恥ずかしいことをしてもらう」

「は、恥ずかしいこと？　ミ、ミナ、まさかお尻とか……！」

「なんの話だよ」

湊は、その話をもう少し追及してみたかったが、自重する。

「伊織、悪かったな」

「わっ」

湊は、伊織の細い身体をぎゅっと抱きしめる。

「な、なにをしてるんだ？　確かに恥ずかしい！」

「いや、私服の伊織《いおり》が可愛かったから、とりあえず。この服装でヤらせてもらうのは、また今度にしよう」

「勝手に決められてる……」

これ以上抱いていると興奮しすぎそうなので、湊《みなと》は惜しみつつ伊織の身体を離す。

「あー、ごめん、ごめん、湊！　遅くなっちゃった！」

「おっ、来たか。迷わなかったか、葉月《はづき》？」

湊が振り向くと、道路の向こうから葉月が走ってきた。

ミルクティー色の長い髪を揺らし、短いスカートも揺れている。

「は、葉月さん？　どうしたんだ、君まで？」

「ヤだなあ、〝君〟なんて。もっとざっくりでいいよ。呼び方ももっとフレンドリーで。葉月でも葵《あおい》でもどっちでもいいからさ」

「そう言われても……」

伊織は、いきなり現れた葉月に困惑しているらしい。

まさか、そこまで親しくない葉月まで自宅に押しかけてくるとは思わなかっただろう。

「しょうがないな、伊織くんだっていきなりは無理か。あ、そうだ、足りなかったもの、ドラッグストアで買ってきたよ」

「そうか。じゃあ、あとは――」

湊がなんとなく後ろを振り向いたのと同時に――

「では準備は整いましたね」

「うわっ⁉」

「うおっ！」

「わっ、瑠伽《るか》！」

唐突に、葉月の後ろに黒髪ロングの制服美少女――瀬里奈《せりな》瑠伽が現れていた。

大きなトランクを両手で持っている。

「せ、瀬里奈さんまで？」

「伊織さん、突然押しかけて申し訳ありません。ただ、悪いようにはしませんので」

「……なんでだろう。瀬里奈さんにそう言われると、怖いことが待っていそうな……」

「なぜでしょう？」

瀬里奈が、可愛く小首を傾《かし》げている。

実際、瀬里奈は悪意を以《もっ》て行動することは一〇〇パーセントないのだが、得体のしれないところがある。

「湊のカンが間違ってなければさ、あたしたち伊織くんに悪いことしたんだよね」

「え？　私に……悪いこと？」

「この前、一緒にホラゲ遊んだときだよ。あたしたち、伊織くんを〝王子様〟扱いしてたよね」

「…………！」

伊織《いおり》は、一瞬だけ驚いたような顔をする。

「そうだったかな。そうだとしても、私にはいつものことだ」

かと思ったら、伊織はすぐにクールな顔になってそう言った。

湊《みなと》も何度となく見てきた、伊織のデフォルトといっていい顔だ。

「あたし、これでも友達付き合いは上手いつもりでいたんだよ。けど、この前のは失敗だった。失敗したことにすら気づかなかったんだからさ。ごめん、伊織くん」

「葉月《はづき》さん、なにを謝ってるんだ？」

伊織は、なにを言われているのかわからないようだ。

湊も確信があって、こうして伊織の家に押しかけているわけでもない。

ただ、伊織について一つ確かめられたことがある。

「伊織、パーティの日に用ができたとか適当なこと言ってたが……実は、用なんて別になかったんだろ？　おまえ、嘘《うそ》が下手にもほどがある」

「………」

伊織はわかりやすく、すっと視線を逸《そ》らした。

やはり、まったく嘘がつけないタイプらしい。

「こうやって家にいるんだもんな。それとも、今から出かけるところとか？」

「………………」

伊織は、黙って首を横に振った。

やはり嘘がつけないらしく、とっさにデタラメも言えないようだ。

「演じるのは得意なつもりだったんだがな。嘘と演技はまた違うらしい。そうだな、期待に応えて自分のキャラをつくるのと、人を騙《だま》すのはまた別か」

伊織は、はぁっとため息をついて。

「女の子だらけのパーティに行ったら……私は、自分で言うのもなんだけど、また王子様だろう」

「……そうかもな」

葉月と瀬里奈《せりな》、穂波《ほなみ》に小春恵那《こはるえな》、生徒会のメンバー。

彼女たちが伊織にどんな態度を取るのか、湊にはわからない。

「ミナ、私は君に女の子として変な頼み事をされてから……もう王子じゃ嫌になった。私、君の——女友達だから」

「ああ、わかってる」

そんな意図はなかったにしても、湊は伊織を変えてしまった。

だから、責任を取らなければならない。

「でも、葉月《はづき》さんたちと生徒会室で遊んだ日――私はまた王子のフリをしてしまった。別に葉月さんたちやミナが悪いわけじゃない。私は、なりたい自分でいることができない。そうだな、私は――流されやすいんだと思う」

伊織《いおり》は困ったように笑う。

湊《みなと》だけでなく、葉月も瀬里奈《せりな》も黙って聞いている。

伊織は周りの期待にずっと応えてきた。

ショートカットの凛々《りり》しい少女として、生徒会長として、周りの期待する自分で居続けた――流されてきた。

だが、伊織は湊の前で女の子として振る舞い、それが本当の自分だと気づいたのだろう。気づいたのに、まだ流されている自分が嫌になり、また王子として振る舞うしかないクリスマスパーティに参加するのも嫌になってしまった――

「たぶん私は、ミナはもちろん、葉月さんや瀬里奈さんの女友達でもいたかったのに。クリスマスパーティでも王子のフリをする自分を想像すると、とても参加する気になれなくて。悪い、嘘をついた上に面倒くさい理由で――」

「面倒くさくても……だからといって伊織が悪いわけじゃない」

湊は、どれだけ伊織が面倒な女子でも、距離を取る気は少しもない。

「なあ伊織、今度は――誰かの期待に応えるんじゃなくて、自分のことだけ考えてみたらどうだ？」

「自分のことだけ……？」

伊織は、きょとんとしている。

「せっかくのクリスマスだ。伊織、自分にプレゼントをあげるつもりで、派手にいってみないか？」

「は、派手にいく？」

「ああ、伊織が変わったのは……自惚《うぬぼ》れじゃなきゃ俺に責任がある。だから、俺にも協力させてくれ。それが、伊織へのプレゼントってことで」

「……ミナ、今日のクリパ、プレゼントは禁止じゃなかったか？」

「そんなガチガチのルールじゃないって。主催者のあたしが許す！」

「は、葉月さん？　いいのか、そんなので？」

明るく笑う葉月に、伊織が呆れた目を向ける。

「友達付き合いは面白けりゃいいのよ！　湊がまた馬鹿なこと始めたんだから、あたしたちも手伝うってこと！」

「湊くんは、いつも私たちの中にある殻《から》を破ってくれるんです。きっと伊織さんも」

葉月はニヤニヤ笑い、瀬里奈は優しく笑って。

「ま、〝女の子として変な頼み事〟っていうのが、もの凄く引っかかるけどね」

「そこは、とりあえず追及せずにおきましょう。あとで必ず追及しますけど。大事な遊びのお話ですからね」

「………………」

葉月《はづき》と瀬里奈《せりな》、二人の女友達は仲良くなったが、結託されると怖い。

湊《みなと》は恐怖に震え出しそうだった。

だが、今は怖がっている場合ではない。

「ミ、ミナ。私になにをやらせる気なんだ……？」

「頼む、伊織《いおり》――」

湊は、伊織の手をがしっと摑んで。

「その服脱いで、ブラジャー外して、パンツも脱いでくれ！」

「はぁ!?」

「いえー、めりくりー！」

「メリクリ！」

葉月家、リビング――クリスマス前日、午後七時。

騒いでいるのは、穂波麦《ほなみむぎ》と小春恵那《こはるえな》だ。

二人とも制服姿で、穂波は見慣れた格好だが、小春恵那は有名な進学校の白いセーラー服姿だ。

小春恵那は今は優等生のはずだが、かつて同じ陽キャグループだった穂波がいるので、昔のヤンチャな時代を思い出したらしい。

黒髪ショートボブにクラシックなセーラー服という地味めの格好をしながらも、陽キャに戻っている。

湊は、陽キャ時代の小春恵那を知らないが……。

「ご招待ありがとう、湊くん」

「え？　ああ、主催は俺じゃなくて葉月だけどな」

話しかけてきたのは、生徒会の会計で瀬里奈の友人だという茜《あかね》沙由香《さゆか》だった。

名前ばかり耳にしてきたが、遂《つい》に対面を果たしたというわけだ。

茜は黒髪のショートカットで、伊織より少し短い。

小柄な上に胸も小さいので、湊は一瞬小学生かと思ったほどだ。

「セリからは湊くんが中心だって聞いた」

「セリ……瀬里奈はそう思ってんのか」

茜は表情に乏しいものの、かなりの美少女で、湊は怯《ひる》んでしまう。

生徒会の副会長と書記もいて、その二人もレベルが高い美人だ。

というより、この空間には湊《みなと》を除けば美少女しかいない。

湊の悪友たちなら、高額な参加料を支払ってでもこのパーティに出たがるだろう。

「そうみたい……って、そのセリと女王がいない？」

「女王って、葉月《はづき》のことか？　あいつ、マジでそんな呼ばれ方してんのか」

「大丈夫、私は湊くんのこと下僕《げぼく》なんて呼んでない」

「そんな呼び方されてんのか、俺！」

湊は普段から女王の近くにいるので、そんな呼び方をされていても不思議はないが。

冴《さ》えないので、カレシどころか友達にすら見えないのだろう。

「私はだいたい想像ついてるから。湊くんは、むしろ女王とお嬢を侍《はべ》らせてる」

「そ、それも違うって！」

あくまで湊と葉月、瀬里奈《せりな》は友人同士で、対等な関係だ。

今は頼まなくてもヤらせてもらえるようになったといっても、恋人ではないし、もちろん侍らせているなどありえない。

「そ、そうだ、葉月と瀬里奈だったたな。さっき乾杯したときはいたのに」

パーティは主催兼会場提供者の葉月が音頭を取った乾杯から始まった。

もちろん、全員ソフトドリンクで、葉月グループの遵法《じゅんぽう》意識の高さが窺《うかが》えた。

「みなっち〜、飲んでるかぁ〜」

「おまえ、酔ってるんじゃないだろうな？」

いかにも法など気にしなそうな女子が来た。

とはいえ、穂波《ほなみ》は酒を飲まなくても年中酔っ払っているような女子だ。

「お酒なんて全然興味ないねぇ。あ、今日のコス、楽しみにしてていいよ。実はぁ、先に言っちゃうと〝平成ギャルコスプレ！〟」

「先に言うのかよ、待ちかねすぎだろ」

エンタメ精神の強そうな穂波にしては、ネタバレが早い。

「ほらこれ、試し撮りしてみた」

「うわっ……」

穂波が見せてきたスマホの画面には、写真が表示されていて——

髪に派手なアクセサリーをつけ、白いブラウスを腕まくりし、胸元には大きなリボン。

あまりにも短いスカート、それにたまに復活するというルーズソックス。

紺色のスクールバッグに、パカパカ開く古いケータイ電話までくっつけていて、細部までこだわっている。

穂波麦《むぎ》の平成ギャルバージョンが確かに仕上がっていた。

「こんなのも撮っちゃったぁ♡」

「自撮りでもけっこうエロいじゃねぇか……」

穂波《ほなみ》が後ろ向きで屈《かが》み、お尻をカメラに向けるような構図になっている。

短すぎるスカートから、ちらっと黒いパンツが見えているのがエロい。

「実は今日も同じパンツはいてたりしてぇ♡」

「うっ……」

穂波が制服のミニスカートを一瞬めくり、写真と同じ黒いパンツがあらわになった。

黒でレースの縁取りがあり、一部が透けていて褐色の肌が見えている。

やはり、写真では生のパンチラの迫力には勝てない。

「ま、ここまではみんなに見せるしぃ？　みなっちにはこの格好でおっぱいと……実は、もっとえっちぃなパンツあるから、それをはいて見せてあげるねぇ」

「も、もっとエッチなパンツだと……！」

今見た黒パンツだけでもエロすぎたのに、それを上回る下着があるなど信じがたい。

「今日のパンツもあとでじっくり見せたげるからぁ♡　平成ギャルのおっぱいともっとえっちぃなパンツは……二人っきりでねぇ♡」

「いや、もうヤらせてくれ」

「さらっとなんか言ったぁ!?」

「明日の昼、ウチで会おう。そこでヤらせてくれ」

「時間と場所まで決められてるよぉ……い、いいけどぉ。麦《むぎ》、初めてなのに淡々と計画を進められてる……」

穂波は、湊《みなと》の無茶《むちゃ》ぶりにもたいして抵抗は感じていないらしい。

遠からず、穂波は葉月《はづき》と瀬里奈《せりな》とともに四人でヤることにもなるのだが——それはまた、数日後の話。


「ねえ、二人とも、なにをコソコソ話してるの？」

「おおっとぉ、まだこっちの写真は見せられないよぉ」

穂波は、まだ掲げたままだったスマホをさっと後ろに隠した。

「つーか、さゆっちだぁ！　相変わらず、ちっちゃくて可愛《かわい》い〜」

「わっ、やめなさい、穂波」

「…………」

穂波が茜《あかね》に抱きつき、子犬でも可愛がるかのように頭を撫《な》で回《まわ》している。

「なんだ、穂波は茜さんと知り合いなのか？」

「同中《おなちゅう》だもん。麦が成績良かった頃も、数学はさゆっちにはかなわなかったねぇ」

「……あなたは万能型だったでしょう。数学しか勝てなかったのよ」

「今はまんべんなくフツーだけどねぇ。はっはっは！」

「わ、笑い事なの？　というか、どこ触ってるの！」

穂波は茜にまとわりつくようにして、手が太ももに触れてスカートの裾がめくれている。

その下から、水色の布地がかすかに見えてるような――

「わっ、さゆっち、生パン？　水色とか可愛いっ！　ちょっと、よく見せてぇ！」

「見せるわけないでしょ！　きゃっ、あんっ、どこ触って……！」

穂波《ほなみ》と茜《あかね》が、ぎゃーぎゃーと騒ぎ出した。

さすがに湊《みなと》も、初対面の生徒会役員のパンツを見せられると気まずい。

もっとよく見たくはあるが、頼むとしてもまずは友人になってからだ。

そこに、生徒会のメンバーがやってきて、穂波の魔手から茜をガードし始めた。

どうやら茜は、生徒会のマスコット的存在でもあるらしい。

女子たちが楽しげに騒いでいるので、湊は一度離れることにして、リビングのテーブルに並んでいる料理を楽しむ。

料理はすべてデリバリーで、チキンやピザ、パスタ、サラダ、さらにケーキも並べられている。

葉月《はづき》の仕切りで注文し、のちほど割り勘ということになっていて、好きに食べていい。

「うん、やっぱチキンは骨付きだな。食いにくくても、それがいいっつーか」

「どうも、湊くん」

「おっ……どうも、小春《こはる》さん」

湊の横に、セーラー服の小春恵那《えな》がやってきた。

「室宮の生徒会のみんな、ウチの学校に興味あるみたい。すっごい質問攻めだったよ」

「ああ、さっき生徒会の人たちと盛り上がってたな」

湊は、納得する。

生徒会は優等生ばかりらしいので、小春が通っている進学校に興味があるのだろう。

「室宮、楽しそうだね。アタシもここに進学しておけばよかったかも」

「今からでも転校してきたらどうだ？」

「あはは、湊くん、アタシと代わる？」

「転校先でも、女友達はできるかな」

「葵《アオ》たちみたいな可愛い女友達は……ちょっと……無理じゃないかな……」

「マジなトーンで答えるなよ、冗談だよ、冗談！」

言うまでもなく、小春と代わるという話からして冗談だ。

「というか……湊くんって、アオと付き合ってんの？」

小春は他のメンバーを気にしつつ、湊の耳元に囁《ささや》いてくる。

「いやいや、友達だって。女友達」

「友達……でも、仲良すぎる気が。ま、まさか、セ、セフレって意味じゃないよね……？」

「馬鹿言えよ、高校生でセフレなんか——いるヤツはいるだろうけど、俺みたいな陰キャにいるわけないだろ」

湊《みなと》は、まったくもって心外だった。

セフレなど自分とは縁がなさすぎて、石油王と友達になるほうがまだありえそうだ。

「冗談、冗談。そうだ、そのアオと瀬里奈《せりな》さんがいないね」

「そういえば、茜《あかね》さんも気にしてたな。そろそろ戻ってくるんじゃないか？」

葉月《はづき》と瀬里奈がなにをしているのか、実は湊だけは知っている。

というより、湊が二人に頼んで〝あること〟をやってもらっているのだ。

「なに、コンビニでも行ってるの？」

「まあ、すぐ近くにいるよ。ちょっと見てくるか」

湊は骨付きチキンを綺麗《きれい》に食べ終え、紙コップに注いだコーラをごくごくと飲んだ。

「湊くん」

「うおっ」

一度、葉月家リビングを出ようとした湊の前に、再び茜が現れた。

なんだか髪がぼさぼさになっているが、相当に穂波《ほなみ》に可愛がられたのだろうか。

「穂波から逃げてきたのか」

「ええ、穂波さんがタブレットで別会場のクリパと繋《つな》いで、騒ぎ出したのよ。葉月さんグループのパーティみたいね」

「へぇ……」

葉月は、みずから率いる陽キャグループでのクリスマスパーティを既に済ませている。

だが、その陽キャグループの一部は引き続き、パーティを続行中らしい。

そちらには穂波麦《むぎ》とも特に仲が良い、〝泉《いずみ》サラ〟という穂波に負けないほど派手な金髪美人がいて、彼女が仕切っているそうだ。

「パーティのハシゴどころか、複数のパーティを同時進行で行き来してる人もいるそうよ。タフね」

「剛の者がいるもんだなあ……」

湊は昼間、葉月が仕切る陽キャパーティに少しだけ参加したが、それだけでも騒がしすぎて大変だった。

ハシゴどころか同時に複数のパーティに参加するなど、気が知れない。

しかも、わざわざオンラインで繋いでまでこちらにも顔を出すとは——

「大人がやってる〝オンライン飲み会〟みたいなものかしら」

茜は、あまり興味なさそうに言っている。

どうもこの茜は冷静——いや、〝無表情〟という表現がしっくりくる。

表情が動いたのは、穂波にスカートをめくられたときくらいだ。

「生徒会のみんなの知り合いも、あっちのクリパ会場にいるそうよ」

「なるほど、世間は狭いな」

小春恵那《こはるえな》もリビングのテーブルに置かれたタブレット端末前でなにやら話している。

小春も元陽キャ、別会場の陽キャグループに知り合いがいるのだろう。

「とりあえず、ここにいさせて。下手に穂波《ほなみ》さんに近づくと、脱がされかねないし」

「さすがに、穂波もそこまでは……するかもしれない」

「でしょう」

茜《あかね》は、かなり穂波を警戒しているようだ。

「そういえば、このクリパってコスプレするんでしょ？　まだ着替えなくていいの？」

「それも、葉月《はづき》が戻ってきてからだな」

そう、さすがに参加者をコスプレさせて道を歩かせるわけにはいかない。

なので、コスプレ衣装を持ってきて、葉月家で着替えることになっているのだ。

「ああ、もしかしてセリたちはコスプレの準備してるの？」

「そんなとこだな。たぶん、もうすぐ――」

そのとき、湊《みなと》のすぐそばのドアがガチャリと開いて――


「遅くなった。みんな、ごめん」

申し訳なさそうに言いながら、現れたのは――

黒髪ショートカットのサイドに大きなヘアピンを着けて、額を少し出して。ほっそりとした長身に、身体にぴったり密着した真っ白なドレス。ふわりと広がったスカートは膝丈。

剝《む》き出《だ》しの首元には金色のネックレス。

そして、顔のメイクは濃すぎず薄すぎず、元の素材の良さを最大限に活《い》かしている。

「イ、イオ会長……？」

湊《みなと》の隣で、茜《あかね》がぼそりとつぶやいた。

茜は、同学年でもある伊織《いおり》生徒会長を〝イオ〟と愛称で呼んでいるようだ。

「僭越《せんえつ》ながら、私が仮装の一番手として登場させてもらったよ……そ、その……できれば笑ってほしい」

「無理」

すぱっと答えたのは、茜だった。

「こんなの見せられて……笑うなんて感情、湧いてこない。湧いてくるとしたら……そう、尊さ」

「尊さ!?」

茜のうっとりしつつの発言に、伊織が驚き——

「う、うわぁ……え、マジでかいちょ？　かいちょなの？　マジで……マジで可愛い！」

続けて、今度は穂波《ほなみ》が大きな目を見開いて、こちらも驚いている。

正直なところ——

「本当に伊織なのか……凄すぎないか、その格好？」

「ミ、ミナ、あまり見るな！」

「無理」

「茜さんと同じ反応だ、ミナ！」

「いや、他の反応は無理っつーか……」

伊織翼《つばさ》はいつもと違う髪型で、メイクをして、お姫様のようなドレスを着ている——ただそれだけとも言える。

だが、まるっきりの別人になったような——

「イオ会長、美形だったけど、こんなに美人さんだったの……？」

茜はうっとりした顔のまま、伊織のそばにフラフラと寄っていく。

同時に、他の生徒会メンバーたちも会長のそばに集まって、「凄《すご》い綺麗！」「会長、もうイケメンとか言えない！」「写真、何十枚までなら撮ってもいい？」などと口々に伊織を賞賛している。

湊には、さすがに生徒会メンバーの反応は過剰すぎるように思えたが——彼女たちが驚くのも無理はない。

「な、なんか、私、本気で恥ずかしくなってきた……」

「恥ずかしがることなんかないだろ。みんな、伊織《いおり》の本当の姿に気づいただけだ」

「私の、本当の姿……」

湊《みなと》は生徒会メンバーたちの後ろから、伊織に声をかけた。

伊織はまだ戸惑っていて、生徒会メンバーの褒め言葉にろくな反応もできていない。

「その姿に、私自身が一番驚いてるんだが……」

このリビングに鏡はないが、伊織は生徒会メンバーや穂波麦《ほなみむぎ》たちの反応で、自分がどんな姿をしているかよく理解できているだろう。

人の目に自分がどう映っているか——

伊織が女子であることを世界の誰よりもよく理解している湊ですら、今の彼女の姿には息が止まるほど驚いている。

「え、なんだ、そのタブレット、ビデオ通話してるのか!?」

「あ、そうだった……」

伊織が驚き、湊も今さら気づいた。

タブレット端末の向こうには、葉月《はづき》の陽キャグループの女子たちがいる。

どうやら、タブレットのカメラがちょうどドレス姿の伊織を映しているらしい。

『えー、マジで生徒会長なん!?』

『すっご……！　可愛《かわい》すぎてやべぇ！』

『王子から王女にジョブチェンジしてるじゃん！』

『つーか、なんかエロい！　会長、そんなおっぱいデカかったん!?』

タブレットの向こうに、派手なギャル女子たちが集まり、必死な目でカメラ越しに伊織を見つめ、騒いでいる。

伊織が着ているドレスは胸元が大きく開いていて、当然ながら胸を押さえつける無粋なブラは着けていない。

ぺったんこだと思っていた伊織の胸が、実はFカップの巨乳——

あるいは、この場にいるメンバーにはこれが一番の驚きかもしれない。

「イオ会長、私と同類だと思ってたのに……」

「き、気にしなくていいんじゃないか？」

ちょうど、茜《あかね》も伊織のその部分を凝視していた。

小柄なだけでなく、胸も小さい茜は伊織が貧乳だと信じていたようだ。

「私はただ胸が小さいだけで、イオ会長は胸がないのがすらっとしてて似合ってたのよね……でも本当はあんなに……おっぱい凄い。おっぱいに埋まりたいわ……」

茜は気にしているのではなく、実は巨乳だったことにも感動しているらしい。

なにやら、欲望もこみ上げてきているようだが。

「ねえ、湊《みなと》くん。私、高校に入った頃は肩まで髪を伸ばしてたけど、すぐに思い切ってショートにしたの」

「うん？」

「イオ会長に出会って、ショートがかっこよすぎたから……イオ会長のマネをしたのよ」

「……茜《あかね》さん、ずいぶん伊織《いおり》を尊敬してるんだな」

「ええ、だから一気にイオ会長と仲良くなった誰かさんには凄くムカついて、生徒会室に行きたくなくなったわ」

「………………」

どこの湊くんのことを言っているのだろう。

湊はそう思いつつも、ツッコミは入れづらかった。

「ああ、その誰かさんに伝えておいて。ただの嫉妬だったから、気にしなくていいって。今はむしろ、誰かさんに興味があるの。さっき、私の下着に興味津々だったようだから、そのくらいタダで見せてあげるって」

「……誰かさんもきっと喜ぶよ」

湊にパンツを見せてくれる女子も、遂《つい》に五人目が誕生したらしい。

「いえ、そんなことといいわ。イオ会長を近くで見ないと。今日のパーティ、付き合いで仕方なく出たんだけど、本当に来てよかったと思ってるわ」

「仕方なくだったのか……」

茜沙由香《さゆか》という女子は、瀬里奈《せりな》の友人だけあって変わっているらしい。

湊はなにげに瀬里奈に失礼なことを考えつつ、あらためて伊織の姿を眺める。

伊織が学校で放っている〝クールな王子様オーラ〟は、清楚《せいそ》な白いドレスを着ただけで〝気高いお姫様のオーラ〟に変わった。

いや、服装だけでなく、もはや伊織の中から滲《にじ》み出《だ》す雰囲気そのものが違う。

伊織翼《つばさ》の本当の姿──

伊織が望んだ本当の自分に、彼女はなれたのではないか。

「はー、疲れた。湊、あたし頑張ったから褒めて褒めて」

「……よくやったな、葉月《はづき》。いいメイクだ」

突然、隣に葉月が現れた。

いつもの制服姿だが、顔にはやや疲れが見える。

「メイク道具を買い込んできたけど、いっそ思いっきり濃くメイクするか、あくまで素材を活かすか、だいぶ迷ったんだよ。あたしも普段、そんなメイクしないからね」

「確かにそうだな。ギャルならもっと派手にメイクするもんだろうに」

「あたしも伊織《いおり》くんと同じで、素材が良いからね」

「……まあな。で、〝くん付け〟は続行することにしたのか」

「伊織《いおり》くんが、呼びやすい呼び方でいいって言うから。性格はやっぱイケメンだよね」

「そうだな、伊織はいいヤツだよな」

「だから友達になったんだしね」

葉月《はづき》は疲れてはいるが、満足しているようだ。

伊織翼《つばさ》の〝本来の姿〟をお披露目《ひろめ》するには、過剰なくらいのインパクトが必要だった。

それくらい、周囲の〝伊織翼は王子様〟という思い込みは強い。

本人ですら、その思い込みに流されてしまうほどに──

その思い込みをひっくり返すための、あのお姫様スタイルというわけだ。

「私も伊織さんを王子様扱いしてましたから……そのお詫《わ》びのためにも頑張らせていただきました」

「瀬里奈《せりな》、そんなとこにいたのか」

リビングの外、廊下の壁にもたれかかっているのは瀬里奈だ。

こちらも制服姿で、葉月と同じく疲れが見える。

「瀬里奈も大変だったな。あのドレス、瀬里奈が手直ししたんだろ？」

「ええ、私が元から持っていたドレスで……伊織さんとは体型が違いますから、手直しが必要だったんです。特に胸のサイズとか……」

「な、なるほど」

瀬里奈の胸も決して小さくないが、Ｄカップ。

Ｆカップの伊織とは大きな差があるので、ドレスをちょうどよく着こなすには調整が必要だったのだろう。

どうやって調整したのか、裁縫の心得がない湊《みなと》には想像もつかないが。

「ですが、伊織さんにはよく似合っていてよかったです。葵《あおい》さんにメイド服を着せたとき以上の感動です」

「あたしのロンスカメイド、あんなに喜んでくれたのに⁉」

「冗談です、比べるものではありません」

「……瑠伽《るか》、だんだんいい性格になってない？」

「お二人に馴染《なじ》んできたのかもしれませんよ？」

葉月が苦笑し、瀬里奈がいたずらっぽく笑う。

この二人は、伊織のために働くことでまた距離を縮めたらしい。

パーティが始まってすぐ、葉月たちは二つ下のフロアにある湊家に行っていたのだ。

そこには、伊織が待っていて――

伊織はよく似合っていた私服と、ブラジャーとパンツを脱いで新しい下着に替えて。

瀬里奈が伊織に合わせてドレスの最後の調整をして、葉月がメイクをした上でアクセサリーを選んで仕上げたわけだ。

「ていうか、あたしらで張り合ってる場合じゃないよ、瑠伽《るか》」

「わかってます。失礼ながら、伊織《いおり》さんがこんなにお綺麗《きれい》だとは知りませんでしたが……湊《みなと》くんは知ってたんですよね？」

「ああ、まあ……」

女子の——可愛い女子の顔をする伊織を知っていたのは、湊だけだろう。

「しかも湊、伊織くんと短期間ですっげー仲良くなってるし？」

「ちょっと仲が良すぎるくらいですよね、湊くん？」

「そ、それほどでも……」

葉月《はづき》も瀬里奈《せりな》も笑顔なのに、なぜか湊は寒気がした。

このリビングは暖房の利きが悪いのだろうか……？

「ま、そこんところは今夜じっくり聞き出すとして」

「ええ、クリスマスイブは長いですからね」

「ますます怖い……」

夜が長いのは普段なら大歓迎だが、今夜は逆に湊が責められまくるようだ。

「今は勘弁してあげる。まずは、湊がお姫様のところに行かないと。あの姫は湊プロデュースなんだから」

「俺はちょっと、伊織と葉月たちを唆《そそのか》しただけで、別に……」

「今夜は、湊くんがお姫様をエスコートする王子様役ですよ」

「王子⁉」

これほど湊から縁遠いワードもないだろう。

「な、なあ、王子をやるなら、王子様コスでもやらせてくれ。この格好のままじゃ――」

「もちろん用意してあります。まずは上着だけで」

「うわっ！　ワインレッドのスーツ⁉」

いつか伊織が着て似合わなかったホストが着るような、ワインレッドのスーツ――その上着だった。

「伊織さんがすすめてくださったんです。湊くんに似合うだろうということで」

「伊織め……」

自分だけがドレスを着るのが恥ずかしいからと、湊にも恥をかかせようとこの派手なスーツを着せるように仕向けたらしい。

さすがに男子の湊とはサイズが合わないので、別サイズのスーツを買ったに違いない。

「おらおら、さっさと脱いで、湊」

「うわっ」

湊は着ていた制服のブレザーを葉月に脱がされ、瀬里奈にワインレッドのスーツを着せられる。

「葉月《はづき》にズボン以外のものを脱がしてもらったのは初めてだな……」

「馬鹿言ってんじゃねーよ。ほら、伊織《いおり》くんと二人で並んでみて！」

「えぇぇ……！」

湊《みなと》は抵抗しつつも、葉月と瀬里奈《せりな》に押し出されるようにして、伊織の前まで来た。

伊織が恥ずかしがったようで、タブレットの通話は切られている。

「なんだミナ、意外と似合ってるな」

「……伊織のほうは似合ってるなんてレベルじゃないな」

ホストのような格好の湊と、お姫様のような格好の伊織が苦笑を向け合う。

もう笑うしかない状況だった。

「いや、ミナ、苦笑したいのは私のほうだ。君が始めた物語だからな？」

「俺と伊織で始めた物語じゃないか？　そもそも、ただ伊織の手助けをしただけだからな、俺は」

「ミナは……女友達との距離を詰めるのが上手《うま》いよな」

「なんか悪意がないか、その言い方？」

湊はまた、苦笑いしてしまう。

自分でもちょっと、そう思っていたことだからだ。

「そう、私はミナとは友達なんだ。付き合いはまだ短いけど、ずいぶん仲良くなれたな」

「な、なんだ、伊織？」

「私、ミナの一番仲が良い女友達になりたいかもしれない」

「そんなの、一番がどうとかって問題じゃないだろ……」

湊は、急に妙なことを言い始めた伊織に困惑する。

「ミナのおかげで、私は本当の自分をみんなに見せられたわけだし。感謝しても足りない。もっと仲良くなりたいと思うのは、当然のことだよな？」

「もっとって……どういうことだ？」

「こんなのはどうだろう？」

伊織は、ぱちっと片目を閉じて。

湊の肩を摑《つか》み、ぐいっと引き寄せるようにして——キスした。

伊織は湊の唇を挟み込むように味わい、ちゅうっと吸い上げて——舌を入れなかっただけで濃い目のキスだった。

「わあああああっ！　イオ会長！　なにしてるの⁉」

「わーお、みなっちがかいちょとちゅーを⁉」

騒ぎ出したのは、茜《あかね》沙由香《さゆか》と穂波麦《ほなみむぎ》だ。

もちろん、他の生徒会メンバーや小春恵那《こはるえな》も驚きの声を上げている。

「お、おいっ、伊織⁉」

「こんなことができるくらい、私たちは仲が良いんだ。みんな、そういうことだから」

伊織《いおり》は可愛《かわい》く笑って、湊《みなと》にぎゅっと抱きついてきた。

室内の女子たちが、ますます騒ぎ始める。

そして――

「やっぱりね。湊の野郎……伊織くんもとっくに〝女友達〟か」

「湊くんの野ろ――いえ、友達が増えるのはいいことですね」

葉月《はづき》と瀬里奈《せりな》は騒いではいないが――

葉月はジト目になり、瀬里奈はニコニコしているが目が笑っていない。

クリスマスパーティは、いろいろな意味で盛り上がってきている。

湊は、パーティが終わったらとりあえず自宅に逃げ込もうかと、脱出の段取りをつけ始めた。


「てっきり、ミナは逃げるかと思ってた」

「いやあ、ガチでそのつもりだったんだけどな」

葉月主催のクリスマスパーティは無事に――表面的には無事に終わった。

終了は午後九時過ぎで、参加者たちはタクシー二台に分かれて帰宅していった。

クリスマスイブなのでタクシーの手配も難しいはずだったが、気が利く瀬里奈が事前に手を回してくれていたのだ。

「葉月たちが怖かったからなあ。自分の家に逃げ込んでチェーンかけて、今夜一晩籠城しようかと」

今、湊がいるのはその湊家だ。

伊織は、ついさっきまでここに潜んでいたので、葉月家の二つ下のフロアに湊家があることをもう知っている。

「ミナ、どうして一人で逃げなかったんだ？」

「そりゃあ……」

今、伊織は湊家、湊の自室にいる。

しかも、さっきのお姫様ドレスのコスプレのままだ。

「こんな格好の伊織を見て——頼まないわけないだろ」

「なにを？」

「そのお姫様の格好のまま——ヤらせてくれ！」

「ダメ」

「えっ？」

湊は、伊織に一歩近づこうとして、ぴたりと立ち止まった。

まさか拒絶されるとは――あまりにも意外な展開すぎて、頭もフリーズしている。

「ダメだ、ミナ。このドレスは瀬里奈《せりな》さんからの借り物なんだから。汚したら、申し訳ない。たとえ瀬里奈さんがOKしても、私は汚せない」

「うっ……真面目だよな、伊織《いおり》は」

王子様でなくなっても、真面目な性格が変わるわけではない。

考えてみれば、当たり前のことだった。

「だから……最後の最後では全部脱ぐ。それまでは、ミナが好きにしてくれていい」

「えっ!? け、結局いいのか？」

「ド、ドレスを汚すようなことはダメだって言ってるんだ。ミナのは……その、すっごい量だから。か、代わりに、私の身体ならどんなに汚してもいいよ……？」

「ああ、全部伊織の肌に……！」

伊織の可愛らしい声に、湊《みなと》は昂《たか》ぶってしまう。

迷わずに伊織を抱き寄せ、キスをする。

ちゅっちゅっと唇をむさぼるように味わい――

「きゃっ……」

湊は、伊織の華奢《きやしや》な身体をベッドに押し倒した。

ぎしっ、とベッドがかすかに軋《きし》む。

「このベッドで、葉月《はづき》さんも瀬里奈さんもミナに頼まれて……ってことだよね？」

「ま、まあ……」

湊は曖昧に頷《うなず》いて、またちゅっちゅとキスをする。

「怒ってるわけじゃないよ。葉月さんたちと同じことができるのが……私の女友達の二人と同じことができるのが嬉《うれ》しいんだよ……」

「そうなのか……」

そんなことが嬉しいとは、湊は予想もしなかった。

友達同士でも、互いに理解できないことはいくらでもある。

「じゃあ……葉月さんと瀬里奈さんにどんなことしたのか、もっと教えて。こんなことは、したの？」

「…………」

伊織は、ずっと可愛い声のまま言って。

ドレスの胸元をはだけ――ぷるるんっとFカップのおっぱいが弾むようにして飛び出してきた。

ピンクの可愛い、小さな乳首もあらわになっている。

「うおっ……なんかメチャクチャにエロいな……」

「ば、馬鹿。いつもと同じだよ……？」

今度は、伊織《いおり》のほうからちゅっちゅとついばむようにキスしてくる。

湊《みなと》は伊織に覆《おお》い被《かぶ》さり、可愛い乳首を吸い、下から持ち上げるように胸を揉む。

「いきなり……胸、責めすぎ。そういうこと、葉月《はづき》さんたちにどのくらいしたの？」

「そ、そんなこと気にしなくても」

「ふぅーん、数え切れないほどなんだね？　どうしようかな、もうやめちゃおうかな？」

「なんか伊織、今日は意地が悪くねぇ？」

そう言いつつ、湊はぐにぐにと伊織の胸を揉み続けている。

素晴らしい肌触りと、たっぷりした量感の、最高のおっぱいだった。

「意地が悪いんじゃないよ。今日の私はお姫様だから、わがままなの……」

伊織は自分の台詞《せりふ》に照れたのか、かぁっと耳まで赤くなる。

「そうだよな、普段から生徒会長サマだもんな。偉そうに振る舞うのは慣れてるか」

「むっ……生徒会長は偉くないんだって。別に偉くはないから……いいよ、私のおっぱいなんか好きにしちゃって♡」

「じゃあもっと……味わうぞ」

「きゃっ、あんっ、馬鹿っ……急にそんな……！」

湊は、わざと勢いよく伊織の胸にむしゃぶりつくようにする。

乳首をべろべろと舐《な》め、Ｆカップおっぱいを丸ごと口に含むように吸い上げる。

手で楽しむのもいいが、やはりこのおっぱいは口で楽しむのが最高だ――

「でも、やっぱり気になるかも。葉月さんは――こうやって挟んでくれたの？」

「うっ……」

伊織が、自分の胸を左右から押し込むようにしている。

Fカップの胸が、ぐにゃりと潰れているのがこれもエロすぎた。

その胸の間に挟んでもらえたら、どんなに気持ちいいのだろうか――

「いや、待てよ？　伊織に挟んでもらいながら、葉月の胸を揉《も》んで、瀬里奈《せりな》の乳首をしゃぶらせてもらうのはどうだろう……？」

「あんた、なに言ってんの？」

「も、もう私たちの出番でいいんですか？」

「……むしろ、私としては二人もまざってくれたほうが恥ずかしくないかも」

呆《あき》れた声を出したのは葉月、なにか期待したような声を出したのは瀬里奈だった。

それに応えて、伊織も二人のほうを見ている。

葉月は湊の勉強机の椅子に座り、瀬里奈は床に正座している。

実はさっきからずっと、二人ともいたのだ。

「こんな格好で、湊が伊織くんにヤらせてもらうのを見るの、馬鹿みたいだけどさ」

「わ、私たちもまぜてもらいましょうか……せっかく可愛い服を着てるんですし」

いる。

葉月《はづき》と瀬里奈《せりな》は、お揃《そろ》いのミニスカサンタ姿だ。

クリスマスカラーの色違いで、葉月が赤、瀬里奈がグリーンのミニスカサンタ服を着ている。

「それなら、私は先に友達になった二人には遠慮したほうがいい？」

「なに言ってんの、伊織《いおり》くん。今日はあたしが主役を譲ってあげる。姫だからね」

「葵《あおい》さんは女王だったような……いえ、私も今日は伊織さんをお支えします」

葉月と瀬里奈は、湊《みなと》のベッドに上がり――

「な、なんか、変じゃない、これ？」

伊織がベッドの上に座り直し、葉月と瀬里奈が左右に侍《はべ》るような体勢だ。

伊織は胸をはだけたまま、膝丈のスカートの裾も乱れ、白い下着がちらっと見えている。

「変じゃない。スポブラとセットのパンツもよかったが、やっぱ伊織は白が似合うな」

「きゃっ……」

伊織は慌てて、ドレスの裾を引っ張って戻した。

これまで湊に散々パンツを見せてきたのに、今夜は恥ずかしいようだ。

「ああ、ドレスのお姫様にパンツがどうこうは失礼だったか？」

「お姫様とかたまにキザなこと言うよね、ミナ……でもすっごい恥ずかしい……」

「清楚《せいそ》なドレスでパンチラは、いつも以上にエロいんだよ」

「そ、そういうことを言うな！　ああもう、ミナが馬鹿なこと言うからツッコミで忙しい……お姫様とか台無しだよ……」

「しゃーないよ、伊織くん。湊はそういうヤツだから」

「ええ、でも湊くんに下着を褒められると……見せてもいいと思っちゃいますよね」

「わ、私は別に……褒められたからって……でも、このドレスはミナのおかげで着られたんだし、パンツもその……いいよ……」

伊織は顔を真っ赤にしながら、片膝を立ててドレスの裾を乱れさせて——また、白いパンツがちらっと見えた。

「おお、やっぱチラチラするのもすっげーいいな」

「ミナはなんでも感動するだろ……って、葉月さんと瀬里奈さんも見てないか⁉」

「そりゃあたしたちだって、女の子のパンツが見えてたら気になるって。姫様、太ももえっちだよね」

「ええ、ドレスは胸がはだけていますし。下着だけじゃなくて、こっちも気になりますね。伊織さん……胸の形は一番綺麗《きれい》かもしれません……」

「ふ、二人ともどこ見てるの……！　ミナに負けないくらい視線がいやらしい！」

葉月は伊織の太ももに手を置き、瀬里奈は吸い込まれるように視線を伊織のおっぱいに向けている。

伊織《いおり》の太ももは形が良くて柔らかそうで、Ｆカップのおっぱいはドレスの胸元をはだけてあらわになっていて、二人が夢中になるのも無理はない。

湊《みなと》は、並んで座る三人の美少女の姿をあらためて眺める。

葉月《はづき》と瀬里奈《せりな》は伊織のドレス姿に夢中になっているせいか、二人とも裾が乱れている。

葉月のミニスカサンタ服の裾からは白のパンツ、瀬里奈の裾からは黒のパンツがちらっと見えていて——

「今日は、葉月が白、瀬里奈が黒なのか……」

「た、たまにはあたしも白くらいはくの。でも……紐《ひも》パンだよ。ちょいエロくない？」

葉月はみずからミニスカの裾をめくり、さらに白パンツを見せてきた。

確かにサイドが紐で結んであって、ただの白パンツでないところに葉月らしいこだわりが見えて——もちろんエロくて最高だ。

「く、黒は私には似合いませんし、派手で恥ずかしいんですけど……」

瀬里奈はわずかにお尻を突き出すようにして——ミニスカの裾が持ち上がり、可愛《かわい》いお尻と黒いパンツがあらわになった。

清楚な瀬里奈に派手な黒パンツは少しミスマッチだが、それがまた最高にエロい。

シンプルな白パンツの伊織、白の紐パンの葉月、派手な黒パンツの瀬里奈——

三人とも、今日のパンツはよく似合い、クリスマスイブにふさわしいエッチな姿だ。

「ヤバい……なあ、伊織、葉月、瀬里奈……」

「あ、来るよ、湊のいつものアレが」


「三人とも、一晩中ヤらせてくれ！」


「クリスマスイブの間、ずっとヤる気だよ、この男！」

「三人もいて一晩で終わるんでしょうか……？」

葉月は呆れ、瀬里奈は疑わしそうな顔をしている。

そして。

「今夜だけで終わりじゃないなら……ボクはいいよ♡」

無意識なのだろうが、伊織の一人称がまた〝ボク〟になっている。

お姫様のような格好で胸とパンツを晒《さら》しながら、〝ボク〟呼び——

これもミスマッチではあるが、湊はますます興奮してくる。

「あたしもいいけどさ……伊織くんだけじゃなくてさあ……」

「わ、私も……いいですけど、ちゃんと私たちも……ですよ？」

「わかってる」

湊は、ぐいっと両腕で葉月と瀬里奈を抱えるようにする。

い上げる。

葉月《はづき》のGカップおっぱいを荒っぽく揉み、瀬里奈《せりな》の乳首に口を寄せてちゅーちゅーと吸

それから、ころんとまたベッドに寝転がった伊織《いおり》にのしかかるような体勢になる。

葉月と瀬里奈のおっぱいを楽しみながら、こんなに綺麗な伊織にヤらせてもらえる――

これほど最高のクリスマスイブを過ごしている男は、この世にいないだろう。

「伊織……悪いけど、一回や二回じゃ済みそうにない。何回でもいいのか……？」

「三人とも楽しませてくれるなら……好きにして。ミナも、葉月さんも瀬里奈さんも友達だからね、四人で何回でも遊ぼうよ……」

「ああ……」

伊織からもお許しが出て、湊《みなと》はさらに激しく葉月の胸を揉《も》みしだき、瀬里奈の乳首を吸い、舌で転がす。

さらに、伊織がぎゅっと強く抱きついてきて、湊はその華奢な身体をむさぼっていく。

クリスマスイブ、三人のえっちで可愛い女友達との遊びを心ゆくまで楽しめる。

湊は、さらに深まった女友達との関係をより強く結びつけるため、彼女たちに頼み込み、許しを得て、その身体にのめり込む。

まだまだ、クリスマスイブは終わらない――

エピローグ

Onna Tomodachi ha Tanomeba Igai to Yarasete kureru

昼下がりの生徒会室――

そこに荒い息づかいが響いている。

ガタガタとデスクが揺れ、今にも壊れそうなほどその振動は激しい。

「冬休みになっても、生徒会の活動があるなんて知らなかった」

「だ、だって、生徒会はっ、んっ♡　部活みたいなもんだよっ。んんっ♡、ちゃんと活動してる部はっ、どこも年末年始以外は練習してるっ♡」

「なるほど、そりゃそうか……」

「ちょっ、そんなにっ……♡　ミ、ミナっ……ぎゅってしていいっ？」

「ああ、もっとしがみついてくれ」

「う、うん……私はいつでもいいからね……！」

「くっ……！」

湊は、ぎゅうっと伊織の華奢《きゃしゃ》な身体を抱きしめる。

伊織《いおり》は自分のデスクに腰掛けたまま、ぐいっと背中を大きく反らせる。

それから――

「はぁ……もう、ちょっとでも暇ができたらこれだよね、ミナは」

「つい……この生徒会室、狭いからなあ。伊織が近くにいると、ヤらせてもらいたくなっちゃうんだよな」

「なっちゃうんだよな、じゃないよ」

伊織はじろっと湊《みなと》を見て、片側だけ抜いて足首まで下ろしていた白のパンツをはき直す。

スカートの裾を直し、はだけていたブラウスもボタンを留めていく。

「休憩時間だからいいんだけど……たまに、見回りの先生が来るから気をつけないと」

「そうだなあ……」

湊は、ブラウス越しに伊織のおっぱいを揉みながら答える。

「あの、湊くん？　私もそろそろスカート下ろしていい？」

「あ、悪い。つい、ずっと見ちゃってた」

伊織の机の横に立ち、スカートを大きく持ち上げて水色のパンツを見せているのは、茜《あかね》沙由香《さゆか》だ。

クリスマスも終わり、冬休みになって――

生徒会室には、湊と伊織だけでなく、会計を務める茜の姿もあった。

湊への嫉妬はとりあえず忘れることにして、リモートでなく〝職場〟で仕事をすることにしたらしい。

ならば——と、湊はクリスマスの夜に聞いたとおり、茜のパンツを楽しませてもらっているわけだ。

「イオ会長にヤらせてもらいながら、私のパンツも見物とか……湊くんって、全然イメージと違ったわ」

「どんなイメージ持たれてたんだろう、俺。というか、まずは茜さんのパンツで興奮させてもらってから、伊織にもヤらせてもらったというか」

「その発言で、ますますイメージが変わりそうなんだけど……私もイオ会長の……えっちなところ見てて楽しいし、会長にあんな声を出させる湊くんも凄《すご》いとは思うけど」

茜は半分感心しつつ、半分呆《あき》れているといったところらしい。

伊織は、自分の姿をえっちと言われたからか、照れて目を逸《そ》らしながら——

「私一人だけミナと遊んでるのもなんだから……本当は、茜さんにもまざってほしいくらいだけどね」

「そ、それはまだちょっと……胸くらいなら、そろそろ見せてもいいけど」

「マジで！　茜さんのおっぱい、見てもいいのか！　そのちっさい胸、ずっと興味あったんだよな！」

「よ、喜びすぎよ！　小さいって余計だし！」

「いや、俺は大きくても小さくても好きだし、褒めてるんだが……」

「わ、わかったわ！　でも、今日はもう終わったんだからいいでしょ！」

「うーん……仕事が一通り終わったら、また伊織《いおり》に一回か二回はヤらせてもらうしな」

「そのときが、私が初めて男の子に胸を見せる瞬間になるのね……」

「これは仕事にやる気が出てくるな……」

「湊《みなと》くん、仕事はできてるのよね。こんなえっちなくせに」

「それは関係ないんじゃ？　伊織だってエロいのに、生徒会長を見事にこなしてるだろ」

「エ、エロ……あのね、ミナ、女の子扱いしてくれることとエロ女呼ばわりすることは別だからね！」

「わ、わかったって」

「まったく……あ、さっきのは生徒会室のゴミ箱に捨てないようにね？」

「あ、そうか」

湊は外したソレを、危うく自室や葉月《はづき》の部屋でやるように処理するところだった。

ゴミ捨ては生徒会役員がやっているので、もし他の役員に気づかれてはまずい。

「伊織用のアレも、早くもだいぶ減ってきたな」

「減ってきた、じゃなくてミナが減らしてるんだよ。も、もう……今日だって生徒会室に入るなりいきなり一回だったし……」

「伊織のその生足を見ると、我慢できなくて。伊織だって、俺に見せつけるみたいにそのデスクに座ってたじゃないか」

「べ、別に……見せつけたっていいでしょ！　私の自慢の脚なんだからね！」

「私、なにを聞かされてるの？　イオ会長、王子様を卒業するのはいいけど、バカップルになるのはちょっと」

「カ、カップルじゃない！　友達だよ、私とミナは！」

呆《あき》れている茜《あかね》に、伊織は反論している。

そう、普通にヤらせてもらえるようになっても、湊にとって伊織はあくまで最高に付き合いやすい女友達というだけだ。

「王子様を卒業か……だいぶ大げさなことになったけどな」

「うん……私が許可したとはいえ、冬休み中なのに全校生徒に広まったみたいな……」

クリスマスパーティで、伊織が披露したドレス姿。

泉《いずみ》サラが仕切っていたほうのパーティで、伊織のドレス姿を見た女子たちが写真を撮り、それをSNSで拡散させたのだ。

伊織は女子としての姿を周囲に見せつけたかったようだが、拡散は予想以上だった。

「俺の友達とかもSNSで騒いでるんだよな。会長ってこんな美少女だったのか、みたいな感じで」

「び、美少女……一度も言われたことなかったワードだよ」

「いや、最初から伊織《いおり》は美少女だろ」

「…………っ」

伊織は、ぼっと真っ赤になる。

湊《みなと》にヤらせている間よりも、さらに恥ずかしがっているかもしれない。

「おーい、湊、翼《つばさ》くん、来たよ！　仕事の応援係ね、あたし！」

「お待たせしました、翼さん。私もお手伝いしますね」

勢いよくドアが開いて、飛び込んできたのは葉月《はづき》と瀬里奈《せりな》だった。

葉月はもちろん、瀬里奈も時間をつくって生徒会の手伝いが可能になったらしい。

二人とも、クリスマスイブから伊織を下の名前で呼ぶようになっている。

この短期間で、葉月と瀬里奈も湊と同じくらい伊織と仲良くなったようだ。

こうして、冬休みに登校して会いにくるのだから、相当に親密と言えるだろう。

「ようこそ、葉月さん、瀬里奈さん。二人とも。歓迎する」

伊織は生徒会長のデスクに座り直し、クールな微笑《ほほえ》みを浮かべた。

口調も、以前の男性的なものに戻っている。

伊織は今までどおりに苗字《みょうじ》呼びだが、彼女は誰に対してもこれがデフォルトだ。

「う、うわ、翼くん……生徒会室ではやっぱ王子様に見えちゃうね……」

「葵《あおい》さん、あまり王子様とは言わないほうが……」

「いや、いいんだ。王子っていうのも私の顔の一つだからな。王子の私に憧れてくれてる子もいるわけだし、私は——王子と女の子の顔、どちらも使っていく気だ。長くみんなの前で見せてきた顔も、ニセモノではないから」

「伊織、ずいぶん吹っ切れたなあ。俺が言うのもなんだが」

「本当に、ミナが言うことじゃないな。でも、パーティでドレスを着て女の子になって、満足できたからかな。迷いがなくなって、少し余裕ができて——王子なんて呼ばれる自分も受け入れられるようになったのかもしれない」

「おお、翼くん、やっぱ賢い上にかっこいい……！」

「ありがとう、葉月さん」

なにやら感動している葉月に、伊織がまたクールに微笑んでみせる。

「……俺が見てもかっこいいんだよな、伊織は」

湊は苦笑いして、伊織の机のそばに立つ。

「以前はかっこいいと言われるのは複雑な気分もしたが、ミナに言われると嬉《うれ》しいな。私が王子だろうと、ミナなら仲良くしてくれるだろ？」

「なんだろうと、伊織が俺の友達ってことに変わりはないからな」

　王子でも姫でも女子でも、なんでもかまわない。

　大切なのは、湊《みなと》にとって伊織《いおり》翼《つばさ》は気が合う友人で、頼めばヤらせてくれて、お互いに楽しめる関係だということだ。

「この生徒会室もにぎやかになったわ。あ、セリたちもまざって四人で始めるのは遠慮してね？　せめて、一人ずつで」

「沙由香《さゆか》さん……なんだかあきらめたような顔をしてます」

「セリ、私にはあなたの変化が一番驚きかもしれないわ」

　元から友人同士の瀬里奈《せりな》と茜《あかね》は、お互いに思うことがあるようだ。

　もう茜も、湊と瀬里奈の関係を深いところまで知っている。

「じゃあ、私は仕事を始めよう。葉月《はづき》さん、適当に遊んでていいからな」

「さすが翼くん、話がわかるね。湊、ウザ絡みしてもいい？」

「葉月、おまえ、応援とか言って遊びにきただけじゃねぇか」

「あたしが生徒会の書類とか書いていいの？」

「……遊んでてくれ」

「でしょ♡」

　葉月は仕事を任されないほうが嬉しいようだ。

「でもまあ、湊」

「うん？」

湊は長机の前に座り、ノートPCをスリープから立ち上げながら葉月のほうを向いた。

「楽しくなってきたじゃん。あたしと麦《むぎ》みたいなギャル、瑠伽《るか》みたいなお嬢、それに王子様でお姫様の伊織、クールなちびっ子の茜さんも」

「なんの話だよ」

「新しい女友達、いっぱいよね。あんたの友達はあたしの友達だし、こっからもっと楽しくなっていきそう。やっぱ、湊と友達になってよかった」

「……恥ずかしいことを言うなあ、葉月」

湊はキーボードを叩《たた》こうとしてやめて、葉月の手を握った。

葉月に声をかけられてから始まった、女友達との関係。

頼めば意外とヤらせてくれる女友達との関係。

伊織と女友達になって、湊と女友達との仲はますます深まってきた。

彼女たちと、これからもお互いに楽しめる時間を過ごしていけたら。

湊と女友達との友情は、この生徒会室からまた広がっていくのだろう――

あとがき

どうもこんにちは、鏡遊《かがみゆう》です。

普通とは違う意味で「次の巻は出せるんだろうか？」とドキドキさせてくれる作品ですが、無事に3巻が出せました！

読者さんの応援があってこそです、ありがとうございます！

2巻から3巻の間は特にお叱りなどを受けることもなく、普通に作業が進行したので、特別お話しするネタがないですね。それが普通なんですが。

お叱りを受けないように注意しつつも、楽しんでいただけるものを楽しみながら書いております。

そんな3巻は、カクヨム版とはまったく異なる、ほぼ完全書き下ろしになりました。

一応「ほぼ」と言っているのは、ひょっとすると無意識にカクヨム版と同じ文章を書いているかもしれない……という程度で、ストーリーどころかメインのヒロインまで完全新規です。

2巻の時点で既に、カクヨム版を使用したのは三、四割程度だったので、3巻は思い切って別物にしてしまいました。

当然、カクヨム版のテキストをそのまま使うほうが楽に稼げ——じゃない、カクヨム版ももちろん面白いので、そのままでもよかったのですが。

ただ、「頼めばヤらせてくれる」女友達《おんなともだち》が登場する、楽しくてちょっとえっちな日常が書かれていれば、それが『女友達』なので。

テーマは維持して、新たに書き下ろすほうがより面白そうだったんですよね。

カクヨム版では、この3巻でもちらっと登場した〝茜沙由香《あかねさゆか》〟メインのお話、さらに学校の生徒会長である〝あさひ〟と、その双子の妹の〝ひぃな〟の話が続くのですが、生徒会長という要素のみ活《い》かして、まったく新しいヒロインを登場させました。

今回のヒロイン、伊織《いおり》翼《つばさ》はいわゆる〝男装ヒロイン〟です。

いいえ、男のフリをしてるとか、家庭の事情で男として育てられたとかではなく、ボーイッシュな外見というだけですけど。

ただ、男装ヒロインって昔から好きなんですよね。

主人公と〝男装の秘密を共有している〟というのがよくある要素ですが、特に好きなのは〝主人公だけが女の子としての魅力を知っている〟というあたりで。

今回の伊織《いおり》も、普段は男性的でクールな彼女が、主人公の前では可愛《かわい》い顔を見せる、というところが良いなあと。

あと、『女友達』なのでえっちでなくてはいけません。絶対に。胸の扱いなどもかなり悩みましたね。

クールに男性的に振る舞いつつ、オチたときの可愛さ……最高じゃないですか？

僕には最高でした！

読者の皆さんにも楽しんでいただけたら嬉《うれ》しいですね……！


そうそう、２巻のあとがきで「書籍版で消されたヒロインが登場するかも」と書きましたが、茜《あかね》さんはなんとか登場させられました。

伊織に集中しすぎて、出番がだいぶ後半になりましたけど、さらっとインパクトあったんじゃないかと思っています。

もし続刊できたら、もっと出番をあげたいですね……！

待ちきれない方は、カクヨム版ではヒロインの一人として活躍（意味深）しまくっていますので、そちらで是非！

コミックNewtypeさんで「ろくろ先生」のコミカライズも連載中です！

こちらもだいぶ攻めてます！　書籍版ともカクヨム版とも別の展開、見せ方で進んでいますので、どちらも既読の方にも楽しんでいただけるのではないかと。

コミックス1巻も発売中ですので、よろしくお願いします！

小森《こもり》くづゆ先生、今回も可愛いイラストありがとうございます！

特に伊織はカバーの座り方とか、挑発的なポーズとか、ちょっとえっちで素晴らしかったですね。

キャラデザは早めに上げていただいたので、小森先生の絵で伊織のキャラが固まったまでありました。

担当さま、編集部のみなさま、今巻もいろいろとありがとうございます。

この本の販売・流通に関わってくださったすべての皆様に感謝いたします。

そして書籍版・カクヨム版、両方の読者様に最大限の感謝を！

それでは、またお会いできたら嬉しいです。

二〇二三年冬　鏡遊

女友達《おんなともだち》は頼《たの》めば意外《いがい》とヤらせてくれる3

著　鏡遊《かがみゆう》

角川スニーカー文庫　23978

2024年1月1日　初版発行

発行者　山下直久

発　行　株式会社KADOKAWA
〒102-8177 東京都千代田区富士見2-13-3
電話　0570-002-301（ナビダイヤル）

印刷所　株式会社暁印刷
製本所　本間製本株式会社

◇◇◇

●お問い合わせ
https://www.kadokawa.co.jp/（「お問い合わせ」へお進みください）
※内容によっては、お答えできない場合があります。
※サポートは日本国内のみとさせていただきます。
※Japanese text only

Printed in Japan　ISBN 978-4-04-114588-3　C0193

★ご意見、ご感想をお送りください★
〒102-8177 東京都千代田区富士見2-13-3
株式会社KADOKAWA　角川スニーカー文庫編集部気付
「鏡遊」先生「小森くづゆ」先生